Franziska König

Ein jeder trägt sein Schicksal

Ein Journal

*Meinem lieben Bruder Ming
zum Dank für die wunderschönen Zeichnungen!*

TWENTYSIX – Der Self-Publishing-Verlag
Eine Kooperation zwischen der Verlagsgruppe Random House und
BoD – Books on Demand
© April 2020 by Franziska König
Titelbild: Ein Gemälde von Wolfram König
Zeichnungen von Iwan König
Zuschnitt: Andreas Rothfuß, Blankenfelde
Herstellung und Verlag: BoD –Books on Demand Norderstedt
ISBN: 9783740765316

Franziska (Kika) mit ihrer Violine – fotografiert von ihrer lieben Freundin Ute aus Rottweil.

„Wenn ich dereinst verstorben bin, so schweigt auch meine Violine!" so denkt sie.
Und drum bringt Franziska alle vier Wochen ein schlankes Taschenbuch heraus:
Erzählt werden Geschichten aus ihrem Leben, die von erhöhtem Interesse sein dürften.
Jeden vierten Dienstags um 18.05 wird das fertige Manuskript in die Umlaufbahn entsandt.

Alle Vorkömmlinge finden sich am Schluß des Buches im Personenverzeichnis

Hier aber vorneweg meine Familie:

Buz, mein Papa (*1938)
Rehlein, meine Mutter (*1939)
Ming, mein Bruder (*1964)
Julchen, seine Lebensgefährtin (*1983)
Pröppilein (Yaralein), kleines Töchterlein von Julchen und Ming (*2012)

Oktober 2014

Mittwoch, 1. Oktober
Grebenstein

Freundlich, wenn auch herbstlich umhüllt.
Das Lächeln der Sonne erinnerte an das Lächeln
einer runzeligen, lebensgegerbten Frau.
Abends wurde der kleine Ort Grebenstein aber
leider wieder in Watte gepackt

Am Morgen durchbebten mich unschöne Ängste: Das Ultimatum im Finanzamt, das mir die Finanzamtsdame Frau Gerke bis zum 15. Oktober aufgestockt hat, lag mir wie ein Stein im Magen.
Vom Flur aus sah man den Schattenriss vom Schröder, auf den ich mich nun, in einer durch die Milchglasscheibe gänzlich verfremdeten Ausstrahlung, scheinbar auf Art eines mürrisch erwachten, morgens ungenießbaren Frauenzimmers drauf zuwälzte, um sodann grußlos ins Badezimmer abzubiegen.
Sehnsuchtsvoll dachte ich an Schröders gemütlichen Amtstubenjob als Kollegienassessor:
Man erhebt sich früh, verlässt das Haus, kehrt abends müde nach Hause, und weiß, wozu man da ist, bzw. *war*.

Über Nacht hatte sich ganz überraschend eine Mail vom Onkel Andi angesogen, den ich gestern aus einer Laune heraus nach seinen Doppelhausnachbarn, den Loses, befragt hatte.

Jahrelang hatte man nicht an die Loses gedacht, und nun traten sie einem unversehens in den Kopf.

Hallo, Ihr ewig an mich Denkenden! Ich bin seit dem 1. August Rentner, und habe demgemäß gar keine Zeit mehr – und hier an dieser Stelle spürte man, wie sich das süße Anderle an dieser kleinen Lustigkeit vergnügt hatte.

Man sah sein lachendes Hunnengesicht vor sich.

Renate Lose sei letztes Jahr gestorben, und ihr Mann Josef laboriere an einer beginnenden Demenz.

Dies ist nun alles, was von einem Ehepaar - bestehend aus einer völlig undurchschaubaren Frau, in einem nach außen hin korrekten Gewande, und einem harmlosen Herrn - übriggeblieben ist.

Mit Lisels Demenz sei es leider schlimmer geworden, fuhr das Anderle in seinem brieflichen Berichte fort. Unlängst mußte sie wegen einem leichten Schlaganfall drei Tage lang ins Krankenhaus. Doch darauf kommt es nun auch nicht mehr an.

Sie frägt den Andi oft, wo denn nun der Andi sei, und wenn das Anderle dann sagt: „Ich *selber* bin der Andi!" Dann sagt die Lisel nett, er sei ihr Liebster.

Euer an niemanden mehr Denkender! schloß der Andi seinen Brief an die Verwandtschaft.

Anders als früher handelte es sich hierbei um einen richtig schönen Brief, in dem auch wirklich etwas drinstand, und so beantwortete ich ihn spontan und ohne es geplant zu haben. Nach einer Weile schälte ich mich innerlich gar aus dem steifen Kostüm einer Nichte, die ihrem Onkel schreibt, und wurde lustig:
Alle Probleme würden nichtig und klein, wenn einen jemand in einen kleinen grünen Laubfrosch verwandeln würde! ← (schrieb ich.)
Ich hatte mich warmgeschrieben, und berichtete nun, wie ich von allem Irdischen entblößt telefonfrei in Omis Wohnung lebe, und daß böse Hände den Münzschlitz im einzig verbliebenen öffentlichen Telefonhäusl von Grebenstein mit einem Kaugummi verklebt haben.
Dann fügte ich auch noch ein PS an:
Ich würde tatsächlich immer an ihn denken, da ich das Paßbild, das er mir geschenkt hat, an den Schrank geheftet hab, so daß ich beim Geigeüben und auch sonst, immer draufschaue.

In meinen Pausen schaute ich einen Film über Hank Skinner im Todestrakt von Texas. Ein Film von Werner Herzog, (einem Spezi von Klaus Kinski) der unter die Haut geht:
In der Tat hatte Hank Skinner Unglaubliches zu berichten: Er erzählte, wie er dem Tod mitten ins Auge blickte.

Und hierfür mußte er ein wenig ausholen:
Man wird im Auto zur Hinrichtungsstätte gefahren, und sieht die Welt ein letztes Mal. Dann hat man von 16 – 18 Uhr Zeit, seine Henkersmahlzeit einzunehmen, und dazu telefoniert man.
Der Pfarrer bedeutete ihm, daß er nun genug telefoniert habe.
„Ich muß noch *ein* Telefonat führen!"
„Wen wollen Sie denn noch anrufen, Hank?"
„Meinen Anwalt!"
„Na gut…."
Und der Anwalt rief schenkelhiebnerisch wie in einer amerikanischen Seifenoper: „Das gibt's doch nicht, Hank! Ihr Timing ist einfach umwerfend! Eben in dieser Sekunde kam ein Anruf. Ihnen wird ein Aufschub gewährt!!!"
Eine zentnerschwere Last wälzte sich von Hank Skinners Seele herab, doch die Beamten dämpften seinen frischen Frohsinn: „Da drüben sind zwei Telefone: Das eine für den Gouverneur, das andere für den Justizpräsidenten. Einen anwaltlichen Aufschub akzeptieren wir nicht!"
„Das waren die längsten 23 Minuten meines Lebens!" sagte Hank Skinner melodisch und bedächtig, wieder auf Art eines Amerikaners in einer Seifenoper wie beispielsweise den Gilmore-Girls.
Und dann hieß es tatsächlich: „Sie hatten recht! Ihnen wird ein Aufschub gewährt!"

Auf nette Weise freuten sich die Beamten mit ihm.
Plötzlich bekam er einen Bärenhunger. Von seiner Henkersmahlzeit war noch etwas übrig, und das sollte nun zusammengeräumt werden.
„Halt! Das esse ich noch alles auf!" rief Hank aus.
„...die geben sich wirklich Mühe. Es soll lecker sein, zumal man ja weiß, daß die meisten Häftlinge keinen Bissen hinabbekommen, - und dann essen es die Beamten selber auf!" lachte er.
Auch Hank S. will unschuldig gewesen sein. Jemand hat seine Freundin totgeprügelt, und ihre beiden geistig behinderten Söhne erstochen, doch wer dieser Jemand gewesen sein soll, weiß niemand.

Ich bin ein bißchen in Sorge, weil Rehlein derzeit mit dem Hans-Herbert alleine ist, und hört man nicht immer wieder, daß sich hinter der biederen Fassade eines Apothekers ein Frauenmörder verbergen *könnte?*
Vielleicht ist der Hans Herbert nach Ofenbach gereist um einen Mord zu begehen? bangte ich plötzlich unfroh los.
„Sonstiges" kreuzt *er auf einem Zettel in der Eisenbahn an, in der die Reisenden in einem Fragebogen sehr höflich nach dem Grund ihrer Reise befragt werden.*

Dienstlich	O
Verwandtenbesuch	O
Vergnügen	O
Sonstiges	O

Die beiden Hausaufgabenbrocken „joggen" und „Tagebuchschreiben" liegen eigentlich immer wie schwere Wackersteine auf meinem Tagespfad und behindern meine Leichtigkeit des Seins. Nun aber, da ich zur Neige gedichtet, und auch pflichtgemäß die Schulstunde „Sport" nach Art einer ratternden Nähmaschinennadel abgehoppelt hatte, besuchte ich beide Supermärkte nacheinander (wie sonst?), und erinnerte mich an die Worte von Hank Skinner, der in der Todeszelle davon träumt, endlich mal wieder einen riesengroßen Supermarkt zu besuchen, und seine Leibspeisen zusammenzutragen – z.B. eine frische Avocado, Salz & Pfeffer, und dazu vielleicht auch noch eine Flasche Tequila?

Ich las in der „Frau im Spiegel", daß Ralf Schumacher, der derzeit einen Rosenkrieg ausfechten muß, sage und schreibe geschätzte hundert Millionen € auf dem Konto habe. Die Cora soll mit 10 000 € im Monat abgespeist werden, doch dies ist ihr zu wenig.

Das „Riesenbaby" an der Kasse heißt „Frau Rari", und in diese appetitlichen Riesenspeckärmchen möchte man doch am liebsten hineinbeißen. Und dazu noch der süße Babykopf mit einem Ausdruck, als habe sie im Leben noch niemals einen wüsten Gedanken gehabt.
Drum ist Frau Rari trotz ihrer allerhöchstens zwanzig Jahre ja auch schon verheiratet.
Wahrscheinlich mit einem dunkelhäutigen Beau, wie der hierzulande selten zu hörende Name vermuten lässt. Einmal habe ich gehört, wie sie zu ihrer Kollegin sagte: „Mein Männe sagt..."
Ein junger Türke hatte so unfaßbar viel eingekauft, und vorn in seiner Karre saß ein zirka einjähriger Bub, den ich so goldig fand. Er hielt eine Tüte mit Weihnachtsleckereien in Händen, und bedeutete mir durch Blicke und Gesten multipel, daß er sie mir zu reichen gedachte. Doch einfach zuzugreifen? Und so begnügte ich mich damit, ihn freundlich anzulächeln und mich bescheiden zu geben, denn wie gerne hätte man von Natur aus wohl doch zugegriffen?
Der junge Papi stak etwas im Stresse, die alptraumartig vielen Einkäufe auf das Rollband zu legen, und ließ drei Leute vor. Darunter auch mich.

Der „Filmmittwoch im Ersten" handelte heut von der Odenwaldschule, die z.Zt. in aller Munde ist, so daß bereits eine Diskussionsrunde um Anne Will

herum Stramm Gewehr bei Fuß im Studio saß. U.a. Alice Schwarzer, um die es nach der Steueraffäre still geworden ist. Doch nun saß sie ganz brav da, und nahm das Thema wohl als Ablenkung von ihren eigenen Sünden? Mir war´s zu langweilig, und außer der Alice interessierte mich kein Mensch, und so schaute ich mir Spiegel-TV-Flickerl an. Z.B. über einen jüngst hingerichteten Mohren namens Trotti, der eigentlich ganz süß aussah.
Vor 21 Jahren zum Tode verurteilt wegen Mordes an seiner Frau und seinem Schwager.
Sein Pflichtverteidiger erlaubte ihm nicht, im Prozess zu reden, und sagte selber auch nichts, und somit wurde kurzer Prozess gemacht.
Der Trotti hatte eine deutsche Brieffreundin, die ihren Job nach Art von Frau Münch in der Hospizbewegung zwar mit Herzblut, so jedoch gleichzeitig auch neutral ausübte. Die lud er nun zu seiner Hinrichtung ein, ebenso wie seinen Sohn. Der Sohn schaute ganz nett aus, litt jedoch an Übergewicht, und sah ansonsten gespuckt so aus, wie sein Vater. Er gab ein kleines Interview, und ein schüchternes Lächeln beleuchtete das Gesicht eines Herrn, der vom Schicksal mit der Kneifzange angepackt worden war.
„Mit zwei Jahren verlor ich meine Mutter, und nun verliere ich auch den Vater. Das ist nicht leicht für mich!" lächelte er tapfer, und später sah man ihn noch ein letztes Mal:

Als die Zeugen nach der herzzerreißenden Hinrichtung ganz still über eine Außenstiege wieder zum Parkplatz liefen, grad so, als sei die Parole ausgegeben worden: „Nach der Hinrichtung gehen wir still auseinander".

Donnerstag, 2. Oktober
Grebenstein

Z.T. schön sonnig, wenn auch herbstlich eingetönt, und einmal schwebte eine dunkelgraue, fast schwarze Wolke über das Himmelszelt

Zum Frühstück schaute ich „Brisant":
Berichtet wurde über den Übeltäter Ibrahim B., der den kleinen Dano ermordet hat, und dem derzeit in Bielefeld der Prozess gemacht wird.
Die Verwandten vom kleinen Dano wurden laut und heftig, da man eine solche Freveltat nicht auf sich sitzen lassen kann. Ibrahim B. versteckte sich hinter einem rosa Aktenordner, um sich von den verbalen Wurfgeschossen zu schützen, und die polternden Verwandten wurden des Saales verwiesen, denn so, wie die Tante Bea das Wort „Arsch" in ihrer Wohnung nicht duldet, so duldet

man in deutschen Gerichten ebenfalls keine wüsten Worte oder gar Drohungen.

Ibrahim B. wohnte in einem so widerlich anzusehenden, gänzlich verschmutzten graumodrig oder industrieweiß eingetönten unheilverheissenden Mehrfamilien-Mietshaus, und es hieß, der kleine Dano habe dort geklingelt, weil er mit seinem Freund spielen wollte.

Doch Ibrahim B. war, wie meist, grad auf 180, da ihn seine Frau mitsamt der Kinderschar verlassen hatte, und dies wiederum geschah aus jenem Grunde, weil das Leben mit dem Psychopathen einfach nicht auszuhalten war.

Nun schlug er den kleinen Dano, weil er nicht gehen wollte, und der Kleine drohte, seinem Papi davon zu berichten. Da *mußte* Ibrahim B. ihn ja umbringen, weil es sonst Ärger gegeben hätte, - und außerdem hat er vor einigen Jahren auch noch die kleine Jenisa ermordet, um es einer verfeindeten Familie „heimzuzahlen"! (?)

Ferner erfuhr man, daß Prinz Carl Philip demnächst ein strahlendes Frauenzimmer, das mich sehr an Birgit Böhme erinnert, vor den Traualtar führt, wobei man allerdings sagen muß, daß der Carl-Philipp ein ganz Lieber ist!

Einmal schrieb mir Pastor Geyer aus Bamberg. Gütig zwar, („Herzlichen Dank für Ihr Angebot!") so jedoch mit dem Grundtenor, daß dies in Bamberg keinen Zweck habe. Man sei mit guter klassischer Musik mehr als gesegnet, und unbemannte←(hier vertippte sich der Geistliche ein wenig) Künstler hätten es in Bamberg schwer. Dann beeilte er sich, zu versichern, daß dies keinesfalls abwertend über meine Kunst zu verstehen sei.

Auch wenn´s vielleicht ein lieber älterer Herr ist, so spürte man ja doch die fränkische Grundmentalität: „Davon würdi abrraade!"

Lieber Herr Geyer!

Ich __habe__ doch schon in Bamberg gespielt, und zwar vor über 300 Hörfreudigen – soo unbekannt bzw. unbemannt, wie Sie schreiben, bin ich nun auch wieder nicht!

Freitag, 3. Oktober
Grebenstein

Traumhaft schön und warm

Ich hatte mir etwas vorgenommen:
Aufs Finanzamt zu fahren!
Und wenn sich in Hofgeismar auch noch eine „Debitel-Filiale" finden sollte, so könnte ich doch mein Problem anbringen, daß ich mit meinem Internet-Stick der Firma „Debitel" nur noch mit stark reduzierter Geschwindigkeit sörfe, und dies hinzu noch bis zum 22. Oktober!
Dann wollte ich mich noch mit dem Verkäufer beratschlagen, wie dies Problem wohl am geschicktesten an den Hörnern zu fassen wäre – doch mitten in diese schönen Überlegungen hinein, die doch einen gewissen Aufwind in meinem Leben zu verheißen schienen, quetschte sich die unbequeme Frage, wo wohl meine Papiere sind?
„Ohne Ihre Kundennummer kann ich da gar nichts ausrichten!" sagte der Fachmann in meinem Kopf.
„Gar nichts?"
„Gar nichts!"

Als ich „Brisant" schauen wollte, dämmerte mir, daß heut doch ein Feiertag sei, und so knickte ich den Ausflug in die benachbarte Kreisstadt und versuchte stattdessen, das Debitel-Problem selber in die Hand zu nehmen. Ich blätterte eine Seite auf, wo man beispielsweise ein „Einmal-Paket" für 4,99€ buchen konnte. Diesen Button klickte ich etwas zag an, und das ansonsten so lahmarschige Gerät reagierte wie ein Feuerwerk. ***Wenn Sie jetzt weitermachen, so surfen sie wieder highspeed – yippüeeeh!!!*** las man stimmungserhellend.

Ming ging leider nie ans Telefon, und dabei brannte ich doch vor Neugierde, wie „der Fall Mareike Spams" wohl ausgegangen sei?

*Der Fall jener Tastenfee, die sich so über die Ostfriesenzeitung aufgeregt hat, in welcher faktisch falsch über sie zu lesen war, daß sie „entgegen der vorherigen Absprache" ohne Cembalo angereist sei, so daß das Team noch in der Nacht ein passendes Instrument auftreiben und herbeikarren mußte.

Und Ming hatte die Presseberichte auf unserer Facebookseite eingestellt.

Die Mareike hatte ein Säbelrasseln mit der angespitzten Anwältin veranstaltet, („da geht dem König wohl doch der Arsch auf Grundeis, dort wo er hingehört?") aber die Anwältin *(ihre Schwester?)* hat vermutlich nur gelacht und gesagt: „Mareike, wie naiv bist du eigentlich??"

Ich tippte der Margarethe einen Brief, und tatsächlich entfaltete sich ein ungeheurer Tippschwung. Binnen Kürzestem hatten sich vier

Themenausläufe gebildet, die nun erstmal in Form gebracht werden mußten.

„Hattest Du nicht geschrieben, daß bei Euch Flohalarm herrscht? – Aber vielleicht habe ich mir dies auch nur eingebildet, und es könnte ja zumindest sein, daß man sich noch ganz andere Dinge einbildet, um sodann auf Seniorenart zu denken, dies sei wahr!"

„Hattest Du nicht geschrieben, daß Du einem Herrn in der Stadt verfallen bist, und drum nicht zum „Musikalischen Sommer" anreisen konntest?"

Ich habe es ja versucht, aber auf der Bahnhofsplattform mußte ich wieder umdrehen – wie fremdgesteuert! ← dies dachte die Margarethe in meinem Kopf unfroh, da man es nicht fassen kann, daß man plötzlich nicht mehr Herr seines Tun und Denkens ist.

Draußen war´s schööön.

Ich plante eine kleine Besuchsrunde durch Grebenstein.

Die Edith wackelte die Straße entlang, und meine Lippen schienen sie zuerst gesichtet zu haben, denn die riefen nun einfach: „Hallo Edith!" bevor ich die Edith überhaupt wahrgenommen hatte.

Ich durfte bei der Edith Kaffee trinken, und freute mich: Man macht sich schick, sieht mal zu, ob sich jemand findet, der einen als Kaffeegast dabehalten würde, und dies Glück findet sich gleich vor der Haustüre.

Ediths Sohn Thomas habe bereits aus Passau angerufen, und die Reise im Wohnmobil verliefe bislang angenehm und geschmeidig.
Und was kann es für die welken Ohren einer Mutter schöneres geben als ein zufrieden stimmender Satz wie diesen hier?
„Mein Leben verläuft angenehm und geschmeidig."
Ich erzählte, daß der Johannes Neckermann jeden Monat einen interessanten, so jedoch meist verdrießlichen Rundbrief schickt.
Und tatsächlich muß man zugeben, daß sich das Verdrießliche, zumindest auf dem Papier, interessanter ausnimmt als das Unverdrießliche.
Was in seinem Bekanntenkreis so herumgestorben wird – dies ginge auf keine Kuhhaut!

Von meinem ehemaligen Streichquartett sprach ich auch. Sieben Kinder habe es mittlerweile, und so richtete ich das Lupenglas auf Katharinas Sohn, den 13-jährigen Marius:
Die Katharina wollte eigentlich gar keine Kinder. Dann allerdings besuchte sie zusammen mit ihrem Freund Krischdoff ein Selbstfindungsseminar, und dabei wurde sie schwanger! Etwas, das sie sich nicht erklären konnte!
Die Edith lächelte trocken und wissend zu diesen Worten.

Ich rief Ming an und erfuhr Schockierendes:
Daß Buz nämlich im Wiener AKH sei!
Dort wo zwischen seinen Lungenflügeln vormals Wasser war, befindet sich nun Luft, so daß Buz sich praktisch genauso schlecht fühle wie zuvor.
Ich war geschockt und verzweifelt, während Ming Dinge babbelte, die einem nicht wirklich helfen: Daß Buz immer glaube, alles würde gleich wieder gut.
Ming befand sich wie alle Tage „auf dem Sprung": Man wolle nach Ihlow zur Massage, und zu diesen Worten erübrigte sich natürlich meine Frage, ob man wohl schon in Malle sei?
Ich lief am Optikersalon vorbei, und rief Rehlein auf dem Händi an, denn meine Sorgen um Buz brachten mich schier um den Verstand, und bereiteten mir eine unerhörte Pein.
Verzweifelt versuchte ich, mit meinen Ohren peinzersetzende Worte aus Rehleins Mund herauszulösen.
Rehlein erzählte von ihrer großen Müdigkeit im Theater. Sie konnte die Augen gar nicht mehr offen halten. Zuvor sei sie mit dem Hans-Herbert durch Wien geschlendert, und die Feier zu Udo Jürgens 80. Geburtstag in der Kärntner Straße war einfach grauenhaft!
Der Udo selber wäre entsetzt gewesen: Aus den Lautsprechern dröhnten völlig übersteuert und in

unverschämter Lautstärke seine schönsten Songs, die somit in eine Qual verwandelt wurden.

In den Straßen von Grebenstein standen dröge die Altpapiertonnen, und man hätte doch zu gerne die vereinzelten Deckel gelupft, um zu schauen, ob sich darin womöglich ein altes Tagebuch befindet? Doch nirgends ging´s, weil fast immer jemand dastand, oder ein Fenster geöffnet war.
*„Was suchen Sie denn da?? Das ist **unser** Müll!"*
„Ich suche alte Tagebücher!"
Jetzt hatte ich mich verlaufen, doch nach einer Weile hatte ich mich wieder entlaufen, und nun lief ich auf Ullas Haus zu. Ich hatte direkt das Gefühl, die Ulla stünde oben am Fenster und wünke mir in einer weit ausholenden Winkbewegung mit beiden Armen zu – doch es war bloß ein Spiel mit dem Licht. Wieder ne Verarsche von OBEN!←(wie ein desillusionierter Mensch nun wohl schrüb?)
Mir wurde jedoch mit einem sonnigen Lächeln geöffnet, und ich, mit meinem halbaufgegessenen Riesenapfel aus Ediths Garten, wurde nun in Ullas Garten gebeten, wo die Ulla auf eine nach Außen hin dröge Weise ihre Sudokus löste.

Später am Tage:
Vor dem Rose´schen Anwesen stand ein rotes Auto mit Bonner Kennzeichen, so daß man 2+2 zusammenzählen konnte.

Tochter Doro war aus Bonn angereist!
Ich klingelte, und Doros Töchterlein, die kleine Martha, öffnete mir die Tür.
„Was ist da los?" brummte Opi Dietrich vom oberen Stockwerk herab auf seine unwirsche Art.
Aber Omi Ilse, ein äußerst wohltuender Kontrast zu ihrem poltrigen Ehemann, ist immer ganz aus dem Häuschen vor Freude, wenn sie mich sieht.
Die kleine Martha ist ganz weiß und durchsichtig – sie wiegt so gut wie nichts, und zuweilen wird sie schrill und übermütig.
Bislang hat sie nur kleine Milchzähnchen im Mund.

Mutti Doro saß auf dem Balkon und häkelte, und ich setzte mich neben sie.
Die Doro war ja eigentlich zum Klassentreffen angereist, dadurch aber, daß ihre absolute Lichtgestalt (ein Lehrer) nicht dabei sein würde, war ihre Motivation sich auch wirklich dort hinzubegeben ganz zusammengeschnurrt, so daß sie nun von einer Entscheidungsschwäche gequält wurde. Ob sie nun hier sitzen und weiterhäkeln, oder aber sich nochmals dazu aufraffen solle, um trotz allem das Klassentreffen zu besuchen?
Die kleine Martha wollte nicht, daß ihre Mutti weggeht, weil sie es viel lieber gesehen hätte, wenn die weiterhäkeln würde.

Omi Ilse wollte mir einen Geigenbogen schenken, der im Flur zierend an der Wand hing.
Er habe damals, als man ihn einem armen Trödelhändler abgekauft hat, nur 29 Mark 90 gekostet, und da frägt man sich nun wirklich, warum andere wohl 40 000 € für einen Bogen ausgeben?
Ja, das frage ich mich auch. ← (sagte ich.)

Ming hatte über den Tag verteilt immer wieder Pröppifotos und –videos geschickt, die sich mit meinem erlahmten Gerät jedoch leider nur so schwer aufpixeln ließen.
Jede noch so kleine Geste vom Pröppilein möchte der stolze Ming mit seinen Lieben teilen, und bestimmt kann er es jetzt verstehen, daß unser Vetter Heiner einst „ganz hin mit dem Marius" war, und am liebsten „mit ihm im Kinderwagen am Rhein entlanggefahren wäre" – bzw. die Verwandten mit Marius´ Klavierkünsten, die stellenweise wie „Free-Jazz" klangen, zu beglücken suchte.
Ferner kam ein sog. „Newsletter" von Jens Söring, der immerhin Besuch von einem Menschenrechtsbeauftragten bekommen hatte – doch das innerlich herbeibeschworene Bild erinnerte an Ming & Julchen im Ministerium: Vielleicht sitzt einem für eine Weile ein ernstes und anteilnehmendes

Gesicht gegenüber, und doch bewegt sich hernach nichts!

Jens schrieb, daß man es sich dreimal überlegen möge, gegen die Todesstrafe zu kämpfen, denn der Tod wäre doch für die meisten von denen eine echte Erlösung.

Ein Häftling pinselt immer Bilder für seinen erwachsenen Sohn. Er schickt sie los, bekommt jedoch nie eine Antwort.

Samstag, 4. Oktober
Grebenstein

Ein goldener Oktobertag,
auch wenn mein Auto am Morgen ganz nass war

Wenn man meine Lage pessimistisch oder auch nur realistisch betrachtet, so muß man ja sehen, daß ich auf einem Strudel des Verderbens tänzele.

Ein Lottogewinn ist nicht in Aussicht, - aber dafür schlief ich wie ein Stein oder eine Tote, und die Traumeswogen beplätscherten mich. Ich träumte beispielsweise, daß ich ein *schlechtes Gewissen bekam: Der Opa lebte noch, und zusammen besuchten wir eine Feier auf einem Rasen vor einem Bungalow. Und auf dieser Feier habe ich mich wie selbstverständlich überhaupt nicht*

um den Opa gekümmert! Ich hatte ihn einfach nur abgestellt, und seinem Schicksal überlassen...
Etwas, was ich im wahren Leben doch niemals gemacht hätte. Aber dies träumte ich womöglich aus jenem Grunde, weil ich öfters mal darüber nachsinniere, daß sich die Tante Bea auf der Feier von Jim & Roberta wie selbstverständlich überhaupt nicht um mich gekümmert hat. Hätte *ich* jedoch die Bea im Hinblick darauf, daß man sich doch so gut wie nie sieht, in Beschlag genommen, so hätt´s mit Sicherheit bereits in den ersten zwanzig Sekunden geheißen: „Du Schätzle, jetzt muß ich mich aber auch mal um die Anderen [Klugen und Ernstzunehmenden] kümmern!"
Ich erhob mich, machte mich ein bißchen schick, und wusch gar mein Gesicht. Dann sputete ich mich zum Netto, und tat leider alles ganz sputsam. (Nach vorne preschend, statt genußvoll zu verweilen.)

Ich besuchte meine liebe Freundin Ulla zum Frühstück, und erzählte fremdprahlend, so wie es Buz zuweilen tut, daß Herr Rose ein alter Spezi von Helmut Schmidt sei. Die Herren seien „per Du", und zum 65. Geburtstag von Schmidts Tochter Susanne habe man ihn gebeten ein paar Goldberg-Variationen auf dem Klavier zu fingern, die er doch schon sein Leben lang geübt hat!

Die Schmidts wohn(†)en seit vielen Jahrzehnten unverdrossen in einem Reihenhaus in Hamburg, wo man rein theoretisch einfach auf lose Art an der Türe schellen konnte. („Auf eine Zigarette mit Helmut Schmidt" oder „einen Kaffee mit Loki Schmidt", und dies, wo doch auch die Loki gequalmt hat wie eine Lokomotive, so daß man nicht wissen möchte, wie es bei denen in der Stube wohl gerochen hat?)
Eine Freundin habe der seit einigen Jahren verwitwete Helmut mittlerweile auch.
Zu diesen Worten las man in Ullas Gesicht das Ungläubnis, was sich die Männer wohl bloß so alles erlauben?
Die habe er, weil die Loki sich das so gewünscht hat, fuhr ich fort. Die Loki habe auf dem Sterbebett geraten, er möge sich doch bitte etwas Frisches und Krispes an Land ziehen, und ihr nicht allzu lange hinterhertrauern! Früher oder später – meist früher als einem lieb ist - sähe man sich ja doch wieder.

Am heutigen strahlend schönen Sonnentag wollte die Ulla eigentlich nach ihren Enkelkindern schauen, aber vielleicht wollte auch ihr jüngster Sohn Noah zu Besuch kommen?
Tatsächlich aber habe man mit dem Noah kaum Kontakt, und die Ulla weiß auch nicht so recht, wie

es mit seinem binationalen Eheglück mit einer Amerikanerin wohl so aussieht?

Große Sorgen macht sie sich auch wegen ihrem Erstling Mathias mit seiner Heike: Seit zwölf Jahren haben die beiden keinen Schritt ohne einander gemacht, und zumindest vom Mathias habe man den Eindruck, daß er ohne die Heike überhaupt nicht leben könne.

Ich erzählte, wie sich mein Onkel Andi einen Hund anzuschaffen plane, doch der bestellte Hund müsse erst einmal geboren und sodann abgestillt werden, so daß sich ein Hundebesteller leider erstmal in Geduld üben müsse.

Die Ulla hatte gar ein Handbuch für Hundehalter im Regal stehen, und darin blätterten wir nun interessiert.

Die Autoren vom Hundehalterbuch hatten sich so viel Mühe gegeben, die Hunde alle mit einem fröhlichen Lächeln im Gesicht abzulichten, aber ich verstand trotzdem nicht so recht, warum sich die Ulla wohl ein Hundehalterbuch hält, obwohl sie eigentlich fast alle Hunde ekelhaft findet.

Zum Schluß durfte ich auch noch etwas ausdrucken: Das lose Blatt, das ich am Montag ins Finanzamt bringen will, und jene beiden Werke von Rheinberger, die ich morgen mit Herrn Frenzen beim Konzert in Melsungen als Zugabe spielen möchte.

Die Ulla nörgelte sehr über ihren Computer, und konnte es überhaupt nicht einsehen, warum das Mozilla-Zeichen plötzlich verschwunden war.
„Ich versteh das nicht!" sagte die Ulla nach Art einer Mutter, die sich mit einem schwer erziehbaren Kind abplagen muß, gereizt.

Nach meinem Besuch bei der Ulla besuchte ich die Roses erneut, da deren unscheinbares Haus auf meinem Heimweg liegt, und es befremdlich wäre, einfach so daran vorbeizulaufen.
Die kleine Martha öffnete mir die Türe.
„Ist die Omi da?" (frug ich.)
„Ja, die wäscht auf!"
„Waaas?? An ihrem Geburtstag?"
Das luftige Treppenhaus ist so unnatürlich steil und hoch, und da turnt das Kind so rum.
Oben in ihrer engen Küche stand die kleine tapfere Frau Rose, die heute 76 Jahre alt wurde.
Man servierte mir einen Kaffee, und ich malte drei Zehen von einem Nilpferd in einem Malbuch bunt, und zu dieser „Tätigkeit" zeigte sich die älteste Tochter des Hauses, Barbara, die - wenig löblich - immer sehr spät zu frühstücken pflegt.
Nämlich gegen zwölf Uhr, wenn das Mittagessen bereits vorbereitet wird.
Am Abend würde die Schwägerin aus Bad Arolsen zum Essen erwartet, und einmal rief eine Gratu-

lantin an, und man hörte, wie sich die Damen über Zipperlein austauschten.

Daran anknüpfend erzählte ich hernach die Geschichte, wie sich der junge Buz - von der Familie Neckermann als Ziehsohn aufgenommen - stets geweigert habe mitzukommen, wenn die ganze Familie Neckermann einmal im Jahr prophylaktisch den Zahnarzt aufzusuchen pflegte.

„Ich muß Geige üben!" pflegte Buz zu sagen, und noch heute erinnern sich die Neckermanns mit Schaudern an so viel Unverstand.

„So viel Unverstand!" rufen sie aus, weil er es immer so gut verstand, sich vor dem Zahnarztbesuch zu ducken.

Doch heut hat Buz als Einziger noch seine natürlichen Zähne, während die der Neckermanns alle zu weiß sind, um wahr zu sein.

Die kleine Martha klammerte sich an mich.

Die Martha darf leider nur glutenfreie Dinge essen. Z.B. ganz bröselige runde Kekse, die kaum zusammenhalten.

Allerdings hatte Omi Ilse heut einen leckeren dunklen glutenfreien Mandelkuchen gebacken.

Nach einer Weile schaute ich mir die interessanten Gemälde von der Barbara an, die dem Opa Dietrich jedoch nicht gefallen, so erfuhr ich.

Doch *ich* finde die gar nicht schlecht.

Die Martha versuchte, mich festzuhalten, so daß ich nicht mehr durch die Türe entweichen konnte. Dann flüchtete ich über die Terrasse, und dort hielt sie mich auch noch eine Weile fest, bis es mir ja doch noch gelang, mich loszureißen und zu flüchten.

Daheim:
Das besorgte Rehlein hatte sich schon Gedanken gemacht, ob ich bei meinem gestrigen Freundebesuchsrundgang wohl jemanden vorgefunden habe?
Rehlein hat immer große Angst, ich könne vereinsamen, und so schrieb ich Rehlein einen sorgenzersetzenden warmen Brief. Die einzelnen Sätze bargen Erzählknospen, die man als Briefschreibender doch wohl sehr gerne zum Erblühen gebracht hätte, und dann berichtete ich beispielsweise, daß *vielleicht* der Onkel Hambum käme. Sein Kommen läge so quasi in den Lüften, und ich stünde stramm Gewehr bei Fuß.
Doch morgen kommen erstmal, wie allsonntäglich, die Suvelacks in Münster zu Besuch, so daß der Onkel z.Std. noch unabkömmlich ist.
Seit Jahrzehnten kommen die Suvelacks jeden Sonntag zu Besuch.

Die Schröders feierten im Garten den Ausklang eines wunderschönen Tages, - dem letzten Tag auf

Erden, an dem mein Onkel Rainer als noch *ein ganz klein bißchen jung* durchgehen darf, bevor er morgen 80 Jahre alt wird. Allerdings gottlob ein paar Stunden später als in Europa.
Ein winziger Aufschub vor dem Alter.

Sonntag, 5. Oktober
Grebenstein (Melsungen)

Nicht mehr ganz so atemberaubend schön
wie gestern.
Zwar sonnig,
doch auf dem Himmelszelt
schien zuweilen auch etwas Mehl verteilt

Rehlein hatte in einem Rundbrief geschildert, wie schlecht es dem armen Buz gehe.
Er kehrte aus Aurich zurück, und sah aus wie der Tod von Ypern!
Dann schilderte Rehlein uns Lesern den dünngewordenen Buz im Abendsonnenscheine malerisch. Daß er so schön ausgesehen habe!
Viele mögen sich von diesen Worten „ihren Teil gedacht haben", und sogar Onkel Dölein habe gegen Mitternacht noch ein paar elegische Zeilen verfasst, schrieb Rehlein wenig später.

Auch das Beätchen hatte einen gefühlvollen Rundbrief geschrieben:
Man war am Strand spazieren gegangen, und habe eine so wunderschöne Sandburg entdeckt, die man einfach fotografieren *mußte*, und so hatte das Beätchen dem Schreiben ein Bildchen angehängt:

Ich loste aus, dem Onkel Rainer einen Geburtstagsbrief zu schreiben.

Mir schwebte eigentlich nur ein allgemeiner Dürrzeiler vor, doch überraschend geriet ich in Schreibschwung, und schrieb dem, an der Schwelle zum Gnadenalter stehenden, so allerlei: Z.B., daß ich ihn nach Mobbl-Art noch immer „Rainerbube" nenne, obwohl er doch jetzt im Gnadenalter stüke, wie einst der Opa.

Dann schrieb ich noch, wie ich mich gestern so gefreut habe, seinen Namenszug auf meinem Mailspieß zu sehen.

Du hättest mich sehen sollen! Soo froh sah ich aus!

„Endlich! Endlich!" habe ich bebend vor Freude und Ergriffenheit gedacht. Doch dann war´s nur ein Testmail, und es stand überhaupt nichts drin. Doch: „Nur ein Testmail" ← stand da.

Positiv, und mit viel frischem Mut und Schwung, sucht der Rainerbube, die ärztlich aufgebrummten Hürdeleien so rasch als möglich hinter sich zu bringen, um sein altes Leben genußvoll fortzusetzen, während sein Sohn Friedel in Deutschland eigentlich demnächst mit einer Todesanzeige rechnet.

Ich saß auf einer Bank in Melsungen, blickte auf das im Abendlicht glitzernde Kirchendach und fühlte mich wehmütig.

Ich dachte an den armen Buz, und die Angst, er könne versterben, brachte mich schier um den Verstand.

Dann dachte ich an den frischgebackenen Junggreis, den Rainerbuben, der es vermutlich auch nicht mehr lange macht, und wurde noch wehmütiger dabei.

Ich hatte geglaubt, eine herbeipromenierende Dame einfach nur so angelächelt zu haben, doch diese Dame war die Ulla, die extra herbeigereist war, um das Konzert in Melsungen zu besuchen, und auch noch eine andere Dame mitgebracht hatte: Ihre Nachbarin, Frau Kruse.

„Ach, Sie sind die Frau von dem Herrn, der so gerne tief ins Glas schaut?" ← nein! Dies sagte ich natürlich nicht.

Frau Kruse, eine aparte, jung gebliebene 76-jährige Dame mit kirgisischem Einschlag sei eine Mischung aus einem Russen und einer Ostfriesin. Und von solch einer ungewöhnlichen Mischung hatte ich zuvor noch nie gehört.

Viele sind ja nicht gekommen, wohl aber Christian Becker mit seiner Frau Gabriele, einer kleinen Spitzmaus. Alte Freunde Buzens. Ich erzählte von Buzens Krankheit, bloß daß der Christian hernach frisch und munter ausrief: „Und was macht denn das Väterchen?"

Zum Schluß spielten wir zwei Werke von Rheinberger als Zugabe: „Pastorale" und „Abendlied".
„Das letzte gefiel mir sehr!" meinte Frau Kruse, „...und alles auswendig!"

Ich hatte schon Angst, Herr Frenzen könne die Bezahlung vergessen. Er trug mir mein CD-Böxle zum Auto, und sparte das Thema so übertrieben aus, daß ich schon vom Gefühl bewallt wurde, es könne womöglich ganz unter den Teppich gekehrt werden?

Endlich Feierabend!
Man glaubt´s kaum, aber das Beätchen hatte mir geschrieben! Einfach so, (Subjekt: „Ich lebe noch!") und hinzu ganz nett, so daß ich dem Beätchen hernach nicht mehr so grollte.
Das Brieflein wirkte wie eine Spritze gegen Groll.

Ich hatte mich auf Art eines jungen Menschen, der den Stein der Weisen entdeckt zu haben glaubt, schon so gefreut, daß ich zum Jubelpreis von 4,99 € wieder „high-Speed" sörfen konnte. Doch das Vergnügen währte nur kurz, da mich die Firma Debitel allzubald, und hinzu in unerhörter

Aufdringlichkeit unentwegt in Form kleiner grauer Kästchen darüber unterrichtete, daß mein „Volumen" aufgebraucht sei.
Wie in der Peep-Show sollte man ständig Geld nachfließen lassen.

Ich schaute mir einen Kriminalfall über eine junge Frau mit Namen Susan Vaugham-Smith an, die in ihrem Holland-Hütchen das bedauernswerte Hascherl hervorkehrte, als sie einen verzweifelten Appell an den Entführer ihrer beiden Söhne richtete.
An einer roten Ampel habe jemand die Tür ihres Autos aufgerissen, sie mit der Pistole bedroht, genötigt auszusteigen, und war mit den beiden Buben auf der Rückbank einfach weggefahren.
Doch nach stundenlangem Verhör gestand die dumme Susan schluchzend, die Buben selber ermordet zu haben.
Mit ihrem Lebensgefährten war das Leben ja leider nicht so ganz prickelnd, und so hatte sie sich eine Affäre mit einem ganz reichen Mann erlaubt, für den sie als Supermarktskassenfräulein ja wohl doch nur ein kleines Abenteuer war, denn nun wollte er sie abstreifen wie eine Wurstpelle, und schrieb somit einen Brief: Daß es *zu viel* gäbe, was zwischen ihnen stünd´. Die Kinder beispielsweise!
Naiv glaubte die dumme Frau nun, sie könne an seiner Seite ein Leben wie im Schlaraffenland

führen, wenn sie die Kinder beseitigte, und fuhr das Auto einfach an einen See, löste die Handbremse und schubste es ins Wasser.

Montag, 6. Oktober
Grebenstein

Der Tag begann sooo schön,
doch ab Mittag zeigte sich
eine bräsige Wolkenwand,
die die Wetterlage rasch verdarb

Sabine L. mit ihrer barocken Perückenfrisur räkelte sich aus der Versenkung. Ob ich das Konzert in Wildbad noch auf dem Schirm hätte? Ja, das hatte ich.
Ferner schrieb die Sabine, daß die Katharina einen Hörsturz gehabt habe. Dies verdroß mich nachhaltig, denn man möchte doch, daß seine Freunde funktionabel sind.

Ich telefonierte mit Ming.
Ming hat auch nichts von unserem Papa gehört, und ich sitze immer auf Kohlen der Angst, er könne sterben, denn ein Leben ohne Buz kann und will ich mir einfach nicht vorstellen.

Wir sprachen über Kirchenkonzerte. Viele von denen sind leider tatsächlich eine Zumutung. Ich habe mal eines in Lippoldsberg gehört, und das Publikum saß ganz brav da und ließ es über sich ergehen, wie eine Infusion.

Dann begab ich mich am Vormittag auf den Weg, das Finanzamt von Hofgeismar zu besuchen.
In schönstem Sonnenschein schickte mich die Navigatöse an reizvolle Stellen, die ich noch gar nicht gekannt hab.
Ich lernte eine Dame mit einem ansprechenden Pferdelächeln kennen, die durch größten Zufall meinen Weg säumte, - mir mit dem Finanzamt jedoch nicht weiterhelfen konnte.
In meinem Jutebeutel trug ich den Gnadenbescheid bei mir, der mir einen Aufschub bis zum 15. Oktober gewährt. Eine Drohung stand nicht darin, doch der minder Selbstbewußte glaubt ja doch, eine Solche durchschimmern zu fühlen.
[Ansonsten wird es **richtig** teuer – ersatzweise 14 Tage Beugehaft!]←steht zwar nicht da, aber....
geschrieben von der Bediensteten Frau Gerke.
Ich später weltfremd zur Pförtnerin:
„Vielleicht haben *Sie* das ja geschrieben?"
Nein, das habe sie nicht, aber auf Hessenart konnte sie mir ein bißchen behilflich sein, indem sie die entsprechenden Bögen heraussuchte, und darüber hinaus auch noch einen Frage/Antwort-Katalog

herabzurasseln verstand. All die dornigen und inquisatorischen Fragen konnte ich verneinen, und wurde sodann in eine kleine Glaskabine geschickt, wo ich meine Hausaufgaben machen durfte. Jämmerlich schüttere Hausaufgaben. Für niemanden von erhöhtem Interesse.

Da saß ich nun, - an einen Musikgeschichtsstudenten erinnernd, der etwas über die Hethiter schreibt.

Mein Sachbearbeiter klang ein bißchen wie ein Engländer, denn seine Worte waren von einem leisen, kaum merklichen englischen Akzent leis und kaum merklich geölt und verformt. Er wollte wissen, von was ich lebe?

„…davon kann man doch nicht leben!" sagte er über meine Einkünfte

„Ja. Wahrscheinlich muß ich mir früher oder später den Strick nehmen!" hätte ich dem Herrn mit einem Lächeln sagen können.

Ich wunderte mich durch seine Sinne über mich.

„Sog. „freier" Künstler!" sagte er lachend, oder auch wissend. [„Jemand, der nie eine Stelle gefunden hat, weil die Konkurrenz einfach zu groß ist, haha. Da bin ich doch froh über mein warmes Pöstchen im Finanzamt!"]

*Die in eckige Klammern gesetzten Sätze sind nie gefallen, und doch stehen sie nun da – weil man sie mit dem siebten Sinn so deutlich gefühlt hat.

Ich fuhr nach Hause, machte allerdings unterwegs Station an der nagelneuen Aral-Tankstelle, die man aus dem Boden gestampft in eine Straßenbeuge eingearbeitet hatte. Mir schien, als sei sie gestern noch nicht dagewesen?

Es wäre so schön, dort ein Pöstchen zu bekommen. Doch man hatte bereits eine mütterliche Rußlanddeutsche am Tresen aufgestellt. Grad so, als habe man zuerst eine Bedienstete gesucht, und hernach die Tankstelle um sie herumgebaut.

Ich stellte mir vor, wie die Tankstelle in Fertigteilen geliefert wurde, und einfach nur aufgebaut werden mußte. In einer halben Stunde stand sie da.

Selbst das Klosett schaute aus, als sei es noch nie benutzt worden, und extra zu jenem Zwecke, damit die dummen Leute nicht immer auf den Rand pullern, hatte man das sahneweiße Klobecken etwas höher geschraubt, als Not getan hätte, so daß die Kurzwüchsigen unter uns die mütterliche rußlanddeutsche Thekendame um eine kleine Leiter bitten müssen.

Buzen im Spital sei es unerhört fad, erfuhr ich in einer Mail Rehleins. Er kommt erst morgen nach Hause, und so dachte ich über Buz nach. Ich rief ihn an, um ihm Mut zu machen. Er könnte sich doch kleine Geschichten ausdenken? Z.B. vielleicht Betriebsgeschichten? regte ich an...

„Was sind denn „Betriebsgeschichten?"

„Z.B. über ein Anwaltsbüro:
Ein Anwalt beschäftigt zwei Sekretärinnen. Eine davon ist ziemlich maskulin, sieht aus wie ein Pferd, redet in knappen Worten mit tiefer Stimme, und gibt sich kühl und trocken. Doch der Anwalt hat eine Schwäche für kühle Frauen…."
Na, daraus ließe sich doch wohl ein Gedankengewebe stricken, das einem über die Durststrecke hinweghilft, bis man endlich wieder in Freiheit ist?

Dienstag, 7. Oktober
Grebenstein

Zunächst regenversprenkelt.
Es blieb grau und kühl, doch am Nachmittag
wiederum war´s mit einem Male
leicht aufgelichtet und gemildert

In den Morgennachrichten wurde über einen Bestatter aus Schwäbisch Hall berichtet, der die Kunden einfach übers Ohr balbiert hatte:
Die Asche eines Verblichenen befand sich angeblich in einer Urne, die in der Form der aufgeschlagenen Heiligen Schrift gehalten war.

Dann hielt man Zwiesprache mit dem Verstorbenen, aber in Wirklichkeit handelte es sich um die Asche eines fremden Säuglings!

Die Eltern des Säuglings wiederum wollten sich Schmuckstücke aus der Asche ihres Säuglings pressen lassen, und bekamen auch alsbald zwei Schmuckstücke ausgehändigt – doch da war gar keine Asche drin, und wahrscheinlich hatte der böse Bestatter die zierenden kleinen Kettchen nur einem „billigen Jakob" am Strand von Terracina abgekauft, um sie den gramgebeugten Eltern zum Wucherpreis auszuhändigen?

Man dreht jemandem hinter seinem Rücken einfach eine lange Nase.

„Mundus vult decipi!" wie der Gebildete an dieser Stelle wohl gerne, und doch leicht unpassend ausriefe, denn eine Gelegenheit, diese Worte anzubringen, zeigt sich im Alltag eher selten.

Schlimm ist die Enttäuschung darüber, daß jemand sooo schlecht sein kann!

Heute klatschten Regentropfen ans Fenster, und wie fast immer am Vormittag, fühlte ich mich verzweifelt.

In meiner Verzweiflung schaute ich nach Journalisten-Schulen und blieb interessiert auf der Webseit´ der Henri-Nannen-Schule in Hamburg kleben. „Das wär doch was für mich!" frohlockte ich innerlich, und schöpfte etwas Mut aus dieser

Frohlockung. Nicht genug damit, daß es nichts kostet dort zu studieren, man bekommt auch noch 400 € Beihilfe im Monat. Die Ausbildung dauert 18 Monate lang.

Beim Wissenstest sah ich allerdings alt aus: Ich wußte fast überhaupt nichts. Auf mich wirkte der Test direkt so, als habe sich der Testaustüftler nur Fragen überlegt, auf die niemand die Antwort kennt?

„Schieben Sie sich ihre Fragen in den Arsch!" möchte man nach 25 Fragen frustriert ausrufen.

Interessant schien mir auch die Axel-Springer-Schule in Berlin.

Die Worte, die über diese Institute ausgegossen werden, klingen immer so glanzvoll und erinnern in der Wortwahl an die Art, wie beispielsweise ein Musikinterpret über seine Ausbildung und seinen internationalen Werdegang schreibt. Man liest die Worte, und kann´s kaum fassen:

„Der muß ja irrwitzig gut sein!!"

Und dann hört man ihn, und er klingt wie ein ganz gewöhnlicher Alltagsinterpret.

Fünf Mails hatten sich angesammelt, und alle fünf stammten von Rehlein.

Rehlein wartete auf Buzen, und war dabei ganz nervös geworden. Das Mittagsessen war doch bereits angerichtet, und jeden Windhauch interpretierte Rehlein kurz als Erlösung aus ihrem Sorgentrog.

Beim Joggen dachte ich mir aus, wie das jetzt wohl so wäre mit meinem Exitus. Im Geiste *erzählte ich Ming, daß ich Herzprobleme hätte.*
„Dreimal bin ich in der Nacht schon an Herzschmerzen erwacht", wollte ich dramatisieren.
„Das ist das Ende! Da mache ich mir nichts vor!" nahm ich den bevorstehenden Exitus locker.
Plötzlich liege ich tot in der Grebensteiner Wohnung, der Gestank unter den Türritzen ist unerträglich, der Schröder informiert den Onkel Hartmut, weil er meine anderen Verwandten doch gar nicht kennt. Der Onkel Hartmut bekundet sein Bedauern, und sonst geschieht nichts, so daß der Schröder gezwungen ist, die teure Beerdigung selber zu berappen, auch wenn er gar keine Papiere von mir besitzt, und ohne Papiere läuft bei einem Beerdigungsinstitut gar nichts!
Für die Verwandtschaft in Ofenbach stellt sich nun die Frage, ob man mich nach Ofenbach überführen lassen solle, oder lieber hier in der Kelzerstraße in der Gruft neben Omi, Opi, Uromi und Uropi zur ewigen Ruhe hinbettet?

Es ist kalt und ungemütlich geworden. Gewärmt und gehalten fühlte ich mich nur von Rehleins mittlerweile sieben Briefen, die sich im Laufe des Tages angesammelt hatten, auch wenn einer davon strenggenommen von der Tante Antje stammte, den Rehlein nur weitergeleitet hatte.

Die Antje hatte einen etwas längeren Rundbrief für Freunde und Verwandte ausgearbeitet, und da Rehlein weiß, daß ich so gerne Briefe lese, hatte sie ihn mir, mit einem kleinen Küßchen versehen, weitergeleitet.

Interessiert las ich den Brief, und schickte die Gedanken hierzu nach Bonn:

Der Heiner sei erbost mit seinem Erstling Florian, und will ihn loswerden. Der Florian, mittlerweile 28 Jahre alt, zwar hübsch anzusehen, sei so faul, daß es gen Himmel stänk! Er sei ein schlechtes Beispiel für seinen halbwüchsigen Halbbruder Marius, der ihm offenbar nachzueifern droht, und so will man den Florian als schlechtes Beispiel aus dem Leben vom Marius entfernen, damit der Marius gescheit lernt.

Antjes Enkelin Verena sei mit einem NPDler verbandelt, auch wenn sie selber gegen die NPD sei, und dementsprechend auf ihn einzuwirken sucht.

Der NPDler sei allerdings ein sehr höflicher Mann, und gibt sich große Mühe, den Ruf, oder auch Unruf, den die NPD „genießt", durch ansprechendes und sittlich einwandfreies Gebaren etwas auszubessern.

Mittwoch, 8. Oktober
Grebenstein

Es wurde bald grau, Mittags regnete es.
Dann stellte Petrus den Duschhahn wieder ab,
und abends regnete es erneut

Am Morgen hatte ich verstörend geträumt:
Mein einer Konzertschuh, den ich in einem Privathaus, in welchem Ming und ich ein Hauskonzert geben sollten, übergestülpt hatte, war nun an der Frontseite zur Gänze abgewetzt – stellenweise gar hinweggebröselt, so daß mein leider durchlöcherter Strumpf der befremdeten Sicht freigegeben war, und wahrscheinlich sehr von den Sonaten ablenkte?
Nun aber war alles vorbei.
Man räumte zusammen, und plötzlich fand ich meine feinen Alltagslederschuhe nicht mehr. Schuhe, die ich im wahren Leben gar nicht besitze, auf die ich im Traume jedoch sehr stolz war.
Auf einem Perserteppich lagen all jene Dinge herum, die von den hochbetagten Konzertbesuchern vergessen worden waren – Autoschlüssel, Brillen, Portemonnaies, Operngläser, Partituren, Hörgeräte, Schuhe, ein Hundiphon und vieles mehr, - doch meine Schuhe waren nicht dabei. Ich drehte mehrere Suchrunden durch den großen Raum, fand sie nicht, und wurde von einem großen Verdruß gepackt.

Kein Mensch hatte es zu würdigen verstanden, daß ich extra in die Konzertschuhe gestiegen war, und so stand ich nun vor der seltsamen Verlegenheit, meinen weiteren Lebensweg in kaputten Konzertschuhen beschreiten zu müssen.
Ich fuhr mit meiner Suche fort, und fand die Schuhe immer nur fast.
Nach anfänglichem Bedauern und zögerlich suchendem Mitgestocher, hatten sich die ehrenamtlichen Helfer auch wieder wichtigeren Tätigkeiten zugewandt. Dauernd suchte ich an den selben Stellen vergebens und da schrillte der Wecker, so daß ich ersteinmal nicht weitersuchen konnte, und mich kurz *daran* erwurmte.

Da es nichts und niemanden gibt, für den es sich wirklich zu erheben lohnt, fühlt sich mein „Erheb-Dich" stets so an, wie es sich vielleicht für die böse Frau in der Geschichte von Tolstoi angefühlt haben mag, als sie versuchte, sich an jener kleinen Zwiebel, die sie einmal gnädig verschenkt hat*, aus dem drohenden Morast der Hölle heraus- und emporzuziehen.

*Der *einzig* guten Tat, die sie in ihrem langen Leben jemals getätigt hatte

Man staunt ja wirklich, was man in die kleine Zeitspanne von 45 Minuten alles hineinpressen kann: Beispielsweise läßt man sich von heißem Wasser beprasseln, vergisst für Minuten seine Sorgen, dann steigt man wieder an Land, und in die hübschen Kleidungsstücke hinein: in meine leider um die

Gesäßregion herum wie mit einer Schrotflinte beschossene Ringelstrumpfhose, und das rote Röckchen.

Beim Schröder arbeitete die Putzfrau, und diese Putzfrau mag ich so gern! Sie hat ein liebes, fast ein bißchen „stolzes" Lächeln, so wie einst Mobbl-Schatz!

„Sie sind so fleißig!" rief ich liebevoll, und das schöne Wörtchen „fleißig" sprach ich weich und wellig gebogen aus.

„Ja, das muß auch!" sagte die Putzfee, und mir war ein Blick in den Schröderschen Flur beschieden, der ganz blank gewichst war.

Wieder kaufte ich sieben Brötchen zum Jubelpreise von sechs, und kam mit dieser schönen, duftenden Beute zehn Minuten zu früh bei der Ulla an, so daß ich in der Querstraßennische im Auto die Geschichte vom Polizistenmord von Gera weiterlas.

Ich hatte mich ja bereits das ganze Buch über gewundert, warum es wohl „der Polizistenmord von Gera" heißt, doch gegen Ende kam die versprochene Geschichte ja doch noch zum Zuge. Eine ganz und gar unglaubliche Geschichte, in der es allerdings nicht die geringste Rolle spielte, daß der Ermordete Polizist von Beruf war. Und liest man solch einen Titel, so denkt man doch wohl in erster Linie an eine wilde und wüste Schießerei?

Nein: Der pensionierte gutmütige und einsame Herr hatte zwei Jugendlichen die von zu Hause ausgerissen waren, Unterschlupf gewährt...

Überpünktlich wie alle Tage klingelte ich bei der Ulla, und machte ihr gleich ein Kompliment über ihren schönen Duft. Jill Sander Nr. 4, allerdings leider unerschwinglich teuer.

Vor einigen Jahren lud die Ulla zu ihrem Geburtstag ein. In die Einladung schrieb sie, daß sie *keine* Geschenke wünsche. Sollte jedoch jemand das unstillbare Bedürfnis verspüren, ihr Gutes zu tun, so könne er ja, wenn es denn nun unbedingt sein müsse ← und hier an dieser Stelle bediente sich die Ulla ganz bewusst einer höchst bruddeligen Wortwahl, da ihr dies Ansinnen im Grunde peinlich war – so könne er ein paar Münzstücke in ein bereitgestelltes Kästchen in der Diele legen, auf daß sie sich etwas kaufen könne, was sie sich normalerweise nicht kaufen würde!

Und hernach lagen dort so viele Scheine, daß sogar noch ein Besuch im Eiscafé drin war, nachdem sich die Ulla das sündhaft teure Parfüm gekauft hatte.

Dieser Duft sei so schön, daß man besonders von seinen Enkelkindern sehr geliebt wird, da ja die Liebe, laut Geo, über den Duft entfaltet wird.

Wir unterhielten uns über Erzieh- und Verwöhnomis, und die Ulla nimmt an, daß *sie* die Erziehomi sei?

Bis zu diesem Zeitpunkt hatte die Ulla womöglich geglaubt, erziehen sei auf jeden Fall höher zu bewerten als verwöhnen, doch nun mußte sie von mir als über 50-jähriger, lebenserfahrener Frau hören, daß ich heut in der Erinnerung die Verwöhnomi viel mehr liebe als die Erziehomi.

Die Ulla hat ein Sparbuch angelegt, - allerdings nur für die beiden Mädchen, und manchmal fühlt sie sich schofel dabei, denn der Erstling ihrer unehelichen Schwiegertochte Alice, der Lukas, gehört doch wohl auch irgendwie dazu?!
Zum Lukas habe sie aber in all den Jahren nicht so den Draht finden können, und außerdem sei´s ja gar nicht sicher, ob die Alice dem Nils nicht eines Tages davonläuft? Angedroht habe sie dies schon oft (nämlich so ungefähr jeden zweiten Tag).
Daraufhin erzählte ich vom Onkel Andi und seinen vielen Stiefkindern und -enkeln.
Liebevoll erzählte ich von Andis Begeisterung für Hunde, und wie er sich extra eine kleine Kamera gegönnt hat, um zu filmen wie sein Hund so fröhlich herumhopst. Dann schickte er die kleinen Filmchen an die Verwandten, doch die Verwandten lachen über dererlei, und nur mir und Onkel Dölein gefiel´s.

Seine leider alzheimerbenagte Frau hat fünf Kinder mit in die Ehe gebracht, doch ob er zu denen so einen Draht hat, daß er ihnen sein Haus vererbt? Das Haus bekommt der Hund, doch der Hund braucht ja einen Vormund, der das Erbe verwaltet.

Wir sprachen über den Till, der seit vielen Jahren immer das gleiche Hemd von Lacoste trägt. Mutter und Schwester nörgeln leider sehr viel an ihm herum: Wie er sich ankleide, und wie er äße! (Nörgelsmilie).
Er ißt immer nur das Gleiche: Ein Lachsfilet auf einem Bandnudelnest mit Sahnesoße, und dazu trinkt er einen sehr süßen Kakao mit einer Sahnehaube und Schokoraspeln obendrauf.
Er scheint sein Hemd *und* seine Mahlzeit gefunden zu haben?
Doch der Till ist der reichhaltigste und interessanteste Mensch den ich jemals kennengelernt habe!
Nicht genug damit, daß bei seiner Interpretation des „Schwans" von Camille Saint-Saëns kein Auge trocken bleibt, und man hernach einen anderen Cellisten mit diesem Werk einfach nicht mehr *ertragen* kann – und sei es Mischa Maisky in seiner berührenden Art und seinem butterweichen Klang – ist der Till hinzu der einzige Mensch, den ich kenne, der zugleich dick und dünn ist.

Ein durch Fehlernährung unnötig aufgepumpter Spargeltarzan, der wahrscheinlich sehr bald wieder einschnurren würde, wenn man ihm die fettigen Mahlzeiten entzöge?

Heute sollte die kleine Josephine zum Sitten gebracht werden, und tatsächlich: Nach einer Weile fuhr das Auto von der Alice vor, einer geheimnisvollen Halbgriechin, die offenbar besseres vorhatte, als sich um ihr Kind zu kümmern.

Die Alice trug eine ¾-Hos: Das Ende der Hose flatterte noch knapp über den Knien, und darunter schaute man auf die entblößten langen blassen Wadenbeine – eines von ihnen mit einem pechschwarzen, modernen und schwerdeutbaren Gebilde tätowiert.

Die kleine Josephine wollte mit den Püppchen spielen, doch die großen Porzelanpuppen möchte Omi Ulla eigentlich nicht aus dem Schrank nehmen. Die sind nur zum Anschauen da, doch plötzlich – peng – flog die große Glasschale mit den vielen wunderschönen Muscheln, die man in ungezählten Strandurläuben zusammengesammelt hatte, auf den Boden, und dies war nun ausgerechnet der Ulla passiert, die sich doch als Vorbild für die Kinder sieht. Mit Krach in die Tiefe gestürzt. Alles zerbrochen und zerbröselt!

Nun konnte man nur noch ein Vorbild sein, indem man sich augenblicklich krümmte, um die

Scherben aufzuklauben, und das Restpulver dröhnend hinwegzusaugen.

Da paßte *ich* derweil ehrenamtlich auf die kleine Josephine auf, die nun im ehemaligen Burschenzimmer von Papa Nils mit dem Puppenwagen spielte. Außerdem wußte sie genau, daß sich in dem einen Schrank eine Puppe befand, und so mußte Omi Ulla den Schlüssel herbeisuchen, bevor sie dann gekonnt weitersaugen durfte.

Die Ulla berichtete plastisch, wie Noah und Haeley eine Alm in Kärnten besucht haben, und als der Noah Fotos schickte, da traf sie fast der Schlag! Durch größten Zufall war auch sie mit ihrem lang verstorbenen Ehemann Michael im Jahre 1976 mit ihren beiden „großen" Buben genau dort, und die Ulla erinnerte sich mit dünnem, aber doch erfreuten Lächeln daran, wie man damals noch das Töpfle für den kleinen Nils dabei hatte.

Ich wollte der Ulla die Fuge von Bach erklären, und begann alsbald, wie ich hoffte, passende Worte anzubringen: Übermütiges Gepolter und die wohltuende Stimme der Vernunft in unterschiedlichen Beleuchtungen – zwischen wehmütig und humorvoll - vermengen sich in dieser Fuge zu einem Dialog, der kunstvoll in Fugenform gegossen wurde, doch da schrillte das Telefon.

Die Josephine sagte über die beiden Püppchen aus Sylt: „Die tragen meist Schicki-Micki!"

Heute ließ ich mir im REWE meine Ersparnisse aufs Sparbuch transplantieren, und die törichte Frau Ludolph brauchte noch eine erfahrene Schwester← hätte ich beinah geschrieben, für diese doch verantwortungsvolle Aufgabe.
Ich hatte ein bißchen Angst, Frau Ludolph die mühsam zusammengesparten 270€ über den Tresen zu reichen, bloß, daß mein Sparbuch hernach womöglich so ausschaut wie immer, wenn Frau Ludolph den falschen Knopf drückt?

Ich bin jetzt immerhin stolze Besitzerin eines Sparbuchs mit 1611 €, und mit diesem sehr ausbaufähigen Guthaben, lief ich sodann den Burgberg hinan.
Drei Mails warteten auf mich: Lotto, Herr Meyer-Schürg schrieb, daß sein erster Brief nicht angekommen sei.
„Bitte bestätigen Sie mir den Erhalt!" schrieb er spröd und förmlich in einem. Und der Onkel Rainer hatte wieder ein Update auf englisch geschickt.
„Versteh kein Wort!" hätte ich am liebsten auf Opaart mürrisch zurückgeschrieben, doch ein bißchen verstand ich´s ja doch, und der Onkel Rainer tat mir so leid. Ich glaube, er schrieb, daß er kleine Spaziergänge unternimmt, und sein Haupthaar von der Chemo etwas schütter geworden sei. Doch sein Appetit kehre nun zurück, und es wäre

schön, wenn man sich vor der eigenen Beerdigung noch sähe – oder: „Ich glaube, ich werde meine eigene Beerdigung noch überleben!" scherzte er fröhlich, und ich sah den klapprig Gewordenen im Geiste auf einem regenbenetzten Pfade durch den Wald spazieren.

Opa & Omas „Großer", über dessen Ankunft die Degerlocher Oma einst Tränen vergossen hat, weil ihre Tochter doch noch so jung und unreif war, und sich schon jetzt die Zukunft verbaut hatte.

Und nun wackelt der Onkel mit einem tapferen Herbstlächeln im Gesicht und positiven Gedanken im Kopf seinem Exitus entweder davon oder entgegen.

Der Rainer ist sehr liebevoll und anhänglich geworden. Allerdings schrieb er dem Onkel Andi aus Versehen auf englisch: Daß man die Probleme mit der Alzheimerei mit Sharyns Mutter auch kennengelernt habe, und nun sei sie aber sehr gut im Heim untergebracht, schrieb der stets Positive, und die interessierte Sharyn selber besucht derzeit ein Opernseminar, so daß der Rainer sturmfrei hat, worüber er sehr fröhlich wurde.

Omi Mobbl im Jahre 1936 mit ihren beiden großen Buben, meinen späteren Önkeln Rainer und Dölein.

Ich konnte es immer kaum fassen, daß auf meine Konzertangebote gar keine Antworten kommen. Nur ein Geistlicher schrieb sehr freundlich, daß bei ihnen ein sozialer Brennpunkt sei, so daß man leider kein Publikum anzubieten habe?

Und dann schickte er mir noch Gottes Segen!

Abends joggte ich, auch wenn´s grad noch geregnet hatte. Ich „raste" durch nasses Laub und Morast, und auf dem Heimweg dachte ich über Ibrahim B. nach, der den kleinen Dano ermordet hat, und nun im Gefängnis Bielefeld-Brackwedel einsitzt.

Seine Frau verließ ihn mit den Kindern – dies aus jenem Grunde, weil er immer so unleidlich war: Er schlug die Kinder und polterte herum, weil ihm die Welt auf Herwig*-Art zuwider war, und er darüber hinaus auch noch die Arschkarte gezogen zu haben glaubte.

*Grantiger, weltverdrossener Cellist aus Wien

Es handelt sich um eine muslimische Ausgabe vom Herwig, und jetzt muß er sich hinter einem rosa Aktenordner verbergen.

Dann dachte ich über Janosch und Lisa nach.

Die Lisa sitzt den ganzen Tag allein in der Wohnung über mir, während der Janosch irgendwelchen hochdubiosen „Jobs" nachgeht. Er versucht´s mit dem Enkeltrick, doch die Zeiten werden auch für ihn „unbrütsamer" (um es mit Worten von Michael Mann zu beschreiben), da die alten Omis das alles bereits aus der Zeitung kennen.

Er ruft eine, wie er hofft, hochbetagte und leicht senile Dame mit Namen „Wilhelmine" an.

„Hallloooho!" flötet er mit leicht verstellter Stimme sonnig in den Hörer hinein, „rate mal wer Dich da anruft!"

„Biddö? Wer ist da??"

„ „ „

„Ernst, bist du´s?"
„Bingo!"
„Kann doch gar nicht sein. Ernst ist seit 30 Jahren tot!"
Batsch. Aufgelegt.

In „arte" sah man einen maulkorbbärtigen Dirigenten, der ein Orchester mit dem Eingangstutti von Mozart erstem Violinkonzert leitete. Doch das Spiel der Musikanten gefiel ihm nicht, und stimmte ihn mürrisch. Die Mürrischkeit verlieh ihm dahingehend Flügel, daß er seinem Mißfallen freien Lauf ließ.
„Es mangelt an Grazie. Es mangelt an allem!" bestöhnte er die Musikanten, die sich doch so viel Mühe gaben.
Einmal wurde er von seiner Frau bezetert, und die leicht unlogischen Rumbezeterungen erinnerten mich leicht an Rehlein.

Ich hatte mir das High-Speed-Paket für 19,99€ gekauft. Grad wie ein Süchtiger zahle ich nun zähneknirschend immer höhere Summen.
Mit der neuen, höchst befriedigenden Geschwindigkeit schaute ich noch ein paar alte Gerichtsfälle an. Z.B. über ein uraltes Bauernpaar, wie die Breitschings in Ofenbach, das fünf Wanderarbeiter ermordete, um sich deren Lohn zu sparen. Die alte, verhärmte Frau tat ein bißchen so, als sei sie ein braves Opferlamm ihres gewalttätigen Ehemannes,

und doch wurde es das älteste Ehepaar, das jemals im Duett zum Tode verurteilt worden ist. Bis zum Schluß stand die Frau zu ihrem Manne, da sie vielleicht rehleingleich wellenfömig von Anwandlungen dieser Art bewallt wurde: „Aber ich liebe ihn! – Trotz allem!"

Am Abend habe ich es einfach nicht fassen können, daß mir niemand schreibt, und meine Wut über die schweigende AOL-Dame steigerte sich derart ins Unermessliche, daß ich einen Kugelschreiber in sinnloser Wut durchs Zimmer schleuderte, so wie einst der Opa das Würstl zu Mobblns Jeremiaden.

Historische Erinnerung aus dem Jahre 1976

Ohne Vorwarnung packte der Opa das Würstl, das auf seinem Teller lag, und schleuderte es an die Decke, weil Mobbl ihm den Teller so lieblos und hart auf den Tisch geknallt hat.
„Der isch mir aus der Hand g'fallö!" jammerte Mobbl, nachdem das Würstl wieder auf den Eßtisch zurückgefallen war. Und diesen historischen Moment habe ich einst auf Kassette festgehalten. Irgendwo in unserem großen Schrank in Aurich ist er verewigt.

Donnerstag, 9. Oktober
Grebenstein

Regnerisch. Die Herbstregene haben eingesetzt.
Nachmittags ein Duschregen.
Kurz vor Einbruch der Dunkelheit
war der Himmel an einer Stelle rosa getönt

Zu windschiefer Zeit erhob ich mich in einen regentrüben Tag hinein.
Am Morgen ging´s grad so weiter, daß man´s einfach nicht fassen kann: Kein Brief.
Man schaut auf das leere Briefsymbol, und die Wut kocht auf.
Ich bereitete mir meinen Morgenkaffee zu, und schaute mir Prozesse an:
Einen bedrückenden Fall:
Ein Ehepaar war in der Nacht ermordet worden.
Pustekuchen: Die Frau lebte nämlich noch, und auf die Frage, ob ihr Sohn Christopher die rohe Tat verübt habe, nickte sie kaum merklich – später, als sie sich wieder erholt hatte, da wollte sie von diesem kaum merklichen Nicken jedoch nichts mehr wissen.
Man konnte dem Sohn jedoch nachweisen, daß er mitten in der Nacht von seinem etwa 300 Meilen entfernten Studentenheim zu den Eltern gefahren

war. Ein spontaner Entschluß! Stramm Gewehr bei Fuß durchgeführt, und hops!

Nach dem Filmchen versank ich in eine schwere, bleierne Vormittagsdepression, in der mir das Leben sinnlos schien. Das, was ich mache, führt zu nichts, und im Grunde fühlte ich mich wie ein Mensch, der den ganzen Tag vor einem fließenden Wasserhahn sitzt, und zusehen muß, wie das Wasser sinnlos wegfließt. Keine Kraft, den Hahn abzustellen. Keine Kraft auszurufen: „Schluß jetzt mit dem Unfug!"

Kurz nach viere war ich joggen, und dazu regnete es die ganze Zeit halblaut vor sich hin. Doch kaum war ich wieder daheim, da regnete es plötzlich wie von Sinnen!

Ich erfuhr, daß Exkanzler Kohl mit seinen mittlerweile spitzen Zügen im Gesicht, wieder in die Schlagzeilen gekommen sei:
Der Hannelorenbiograph Heribert Schwenn hat einfach die Tonbandprotokolle von 2002 veröffentlicht, worin der Kohl so viele, z.T. wüste Schmähungen über Kollegen losgelassen hat. Worte, die tief in die Seele schneiden, und sich nie wieder einfangen lassen.

Zu vorgerückter Stund´ schrieb die Hilde, daß es ihr heut den ganzen Tag nicht gut gegangen sei.
Ich tippte gleich eine Antwortmail, und gab mir große Mühe, einen ermunternden Beiklang einfließen zu lassen. Doch ob dies wohl tatsächlich ermunternd klang, was ich da so zusammentippte?
„Es läge daran", so ich naseweis, "daß die Gesundheit ab 50 rapide nachläßt. Die besten Jahre finden zwischen 40 und 50 statt. Die sind nun aber vorbei, bei mir jedoch allesamt, vom ersten bis zum letzten Tag, abzupfbereiten Erinnerungen preisgegeben im Tagebuch festgehalten.

Freitag, 10. Oktober
Grebenstein – Rottweil

Trübe, so jedoch sehr herbstlich

Am Morgen hatte sich eine Mail von Pfarrer Thomas Stiehl aus dem Erzgebirge angesammelt. Mit knappen Worten, wenn auch nicht unhöflich, ließ der Geistliche wissen, „daß man mit musikalischen Veranstaltungen gut bedient sei".
„Stimmt doch gar nicht. Ach, woher denn??!" dachte die Omi in mir gereizt. Ich fand nur ein vereinzeltes Orgelkonzert auf weiter Flur, und

dieses eine war hinzu bereits vorbei, so daß man dem hölzernen Typen, dem es immer nur drum geht, alles möglichst rasch vom Tisch zu haben, auf diese Verfehlung vor dem HERRN festnageln sollte.

„Was schwafeln Sie da schon wieder zusammen?"

Ich wollte eigentlich nur Utes Telefonnummer ergoogeln, doch nun stach mir ein Blog über den „Turmbau zu Rottweil" ins Auge. Irgend jemand hatte etwas Gehässiges über die Ute geschrieben, die doch von früh bis spät zum Wohle der Menschheit unterwegs ist.

Alle, und allen voran Bürgermeister Broß freuen sich schon auf den schnellen Turm mit den noch schnelleren Aufzügen – nein! Den hohen Turm müsste es heißen, - und da wird die mutige kleine Geigenlehrerin nicht viel ausrichten können.

„…Dummschwätzer!" schrieb der Bürgermeister an einer Stelle schwäbisch aggressiv und rechthaberisch wie der Opa, und dabei war es doch selber dummes Zeug, was er da niedertippte.

Schrübe man jedoch „Dummtipper", so klänge dies weitaus milder als „Dummschwätzer". Es ist demnach das häßliche, so jedoch unverzichtbare schwäbische Wort „schwätzen", das dem Ganzen so eine unfreundliche Note verpasst.

Ich besuchte die Edith, und sprach mit ihr über ihren mißratenen Vetter Bernhard, der ausschaut wie ein lustiger Zechkumpan auf einem alten Ölgemälde im Landesmuseum. Ein dicker gemütlicher Mann mit kleinen Wuckerln auf dem Kopf bei Biergenuss inmitten einer angeheiterten Gesellschaft.

„"..noch immer nicht im Lotto gewonnen?" scherzte ich auf eine an den Opa erinnernde Art, als die Rede wieder auf ihn, und seine beschämende Mißratenheit geschwenkt wurde.

„Das interessiert mich wirklich üüüberhaupt nicht!" sagte die Edith. Doch anders als die Tante Bea, die diesen Satz ebenfalls an allen Ecken und Enden anzubringen pflegt, sagte die Edith dies lachend, statt gackernd wachrüttelnd und hinzu im Bestreben, das Gegenüber zumindest verbal, mit hartem Griff am Ohre zu fassen, um seinen Kopf zu beuteln.

„Ich hab´s! Er könnte seine Memorien schreiben!" regte ich an, aber etwas noch Wesenferneres als einen Memorienschrieb kann man sich beim Bernhard überhaupt nicht vorstellen.

Die Edith hatte jedoch eine andere Anregung für ihn parat: Er wohnt doch direkt neben dem Edeka, und dort könne er doch beim Kistenstapeln behilflich sein, und sich ein paar Pfennje dazuverdienen, aber nein!

„Das ist ihm zu langweilig!" sagte ich. „Da geht es ihm so wie *dir* mit den Lottozahlen! Das interessiert ihn üüüüberhaupt nicht."

„Ich habe allerdings noch eine andere Idee:" fuhr ich fort, „heutzutage muß man seine Memorien gar nicht mehr selber schreiben. Man *läßt* sie schreiben. Man bestellt den Memorienschreiber. Der kommt alsbald zum Tee, stellt sein Tonband auf, und schon darf man losquasseln.

Die Erfahrung lehrt, daß der Mensch in Fahrt gerät, wenn er aus seiner Kindheit erzählen darf. Später destilliert der Memorienschreiber aus dem Gehörten interessante Geschichten heraus, und man bekommt Prozente, wenn sich das Buch gut verkauft!"

Dieser Beruf, von dem man noch gar nichts gehört hatte, gefiel mir, und irgendjemand muß ja einmal einen Anfang machen.

Franziska König
Memorienschreiberin
Kostenlos – 24 Stunden-Service

Ich stand am Beginn einer vierstündig- und vierminütigen Fahrt, die jedoch durch unzählige Baustellen zeitlich aufs Lästigste gedehnt wurde.

Im Radio hieß es, in einer halben Stunde würde in Oslo der Friedensnobelpreisträger bekannt gegeben. Mehr als 280 Friedensengel seien nominiert: Unter ihnen Papst Franziskus, Lord Snowdon und Helmut Kohl. Und tatsächlich: Bald wurde der Gewinner verkündet. Es waren allerdings zwei: Eine Dame aus Pakistan, und in meinem Inneren leuchtete eine smarte Variante von Evelyn Chan auf – später sollte ich jedoch erfahren, daß es sich um eine 17-jährige handelte, der vor zwei Jahren von bösen Taliban in den Kopf geschossen worden war.

Die Taliban wollten unbedingt verhindern, daß Frauen zu klug würden, und setzten ein Schulverbot für Mädchen fest.

Doch die hochintelligente und feingeistige Malala setzte sich trotzdem in den Schulbus, und nun ist sie die jüngste Nobelpreisträgerin aller Zeiten.

Den Namen ihres Mitpreisträgers, einem 60-jährigen Herrn aus Indien, prägte ich mir auch ein, und hätte es Ming am liebsten gleich telefonisch, pädagogisierend unter die Nase gerieben. Wie der wohl heiße?? – Dies gehöre zur Bildung!

Mühsamst prägt man sich den Namen ein, so wie ich jetzt. Kalasch(nikoff)satt-yati←dabei dachte ich an Heiners Theaterstück vom „hungrigen Yeti", - das Gegenteil davon, und das a statt dem e lässt sich ja nun wirklich leicht merken!

Und nun fuhr ich mit diesem zusätzlichen kleinen Bildungsköttel im Hirn am Rasthof Großemoor vor.

Ich stellte mich an den Toiletten an.

Man steht für einen kurzen Moment in Gesellschaft dreier Damen Schlange, entfernt sich, und sieht diese Damen <u>nie</u> wieder.

Mitten in Rottweil erfuhr ich von Ming am Telefon, daß Herr Reimer gestorben sei. Doch ich reagierte ohne inneres Erbeben auf diese Nachricht. Vergebens wartete ich auf eine Erschütterung, die sich nun nach all den Jahren nicht mehr einstellen wollte. Stattdessen erzählte ich Ming belustigt, wie die 2-jährige kleine Fine gesagt habe: „Diese Puppe trägt meist Schicki-Micki!"

Ich lief über die leicht gebogene Brücke in der Nähe der schönen Villa, und auch wenn es verheult ausschaute, so wirkte die Wetterlage mit den prall gefüllten fahrenden Wolkeneutern, durch die immer wieder die Sonne lächelte, ja doch freundlich und herbstlich.

Hinter der Buckelbrücke befindet sich im Untergeschoß der prächtigen Villa die kleine Musikschule, die die Ute im Jahre 1995 gegründet hat.

Auf einmal trat die Ute wie aus einer Kuckucksuhr aus dem Portal, und ich sehe es noch heut vor mir: Sie in der Ferne, und ich mit dem Händi am Ohr zunächst langsam, sodann jedoch freudig im Sauseschritt hineilend.

Die Ute ist immer so herzlich, und empfindet in jede Richtung – sprich, Freud und Schmerz – einige Meter tiefer als ein Normbürger.

Ich bekam ein köstliches Kürbissüppchen serviert, und erfuhr, daß lediglich der Pedro oben auf seinem Zimmer sei. Doch er zeigte sich nicht.

Der Pedro kommt aus Ecuador, und will ein ganzes Jahr lang hier bei der Familie in Rottweil leben, um die Rottweiler Gepflogenheiten zu studieren.

Utes Töchter waren in der Chorprobe, und auch Vati Hubert würde erst spät nach Hause kehren.

Die Ute selber ist vom Kampf gegen den Turm zu Rottweil, der das Stadtbild so wüst verschandelt, daß man heulen möchte, schon ganz mürbe geworden.

Zuweilen bekommt sie allerdings auch Zuspruch für ihren großen Eifer. Heut z.B. in Form einer Postkarte von einem Herrn Stefan Rösch.

Nach einer Weile kehrte die 17-jährige ältere Tochter Feli nach Hause: Durchs Fenster sah man bereits ihr fröhliches Gesicht.

Leider ist das Verhältnis zwischen Mutter und Tochter etwas anstrengend und mühsam. In Felis Aura wirkte die Ute plötzlich schlagartig ganz verhärmt.

Man wunderte sich, warum der Pedro nicht mit äße? Die Suppe sei ihm zu langweilig, sagte die Feli unbekümmert, er würde in der Stadt etwas essen.

„Die habe ich mit meiner letzten Kraft gemacht!"
sagte die Ute leidend.
Die Feli ging nicht auf diese Worte ein, und sprach stattdessen begeistert von „Peterchens Mondfahrt". Mit großem freudigen Eifer holte sie das Buch herbei, das ich der Rosalie einst zur Taufe geschenkt hab.

Die müde und kränkelnde Ute, die in Felis Aura wie eine Rübe vom Rübezahl rapide zu verwelken scheint, mußte sich in den Sessel setzen, weil sie mit einem male so zermürbt und abgeschlagen war. Jetzt ist Herr Reimer gestorben, aber auch die Ute schien „am Ende angelangt".
Bekümmert und besorgt blickte ich aus dem einen Augenwinkel unaufdringlich auf die Ute drauf, während mir die Feli begeistert die vielen Arbeiten zeigte, die sie in letzter Zeit angefertigt hat: Z.B. eine Biographie über Pablo Casals, und eine über ihren Opa Kaspar.
Darin las ich nun mit großem Interesse.
Wochenlang war die Feli, wann immer sie etwas Zeit erübrigen konnte, nach Mannheim gereist, um sich vom Opa sein ganzes Herrenleben schildern zu lassen. Doch der Erfahrene weiß, daß ältere Herren die wesentlichen Kapitel ihres Lebens gerne unter den Teppich kehren.

Später spielte mir die Feli ganz unbekümmert auf ihrer Violine vor, und ich seh´s noch heut vor mir: Mit zwei verschiedenen grünen Socken an den Füßen Mendelssohns Violinkonzert, und hernach auch noch das Presto aus Bachs g-moll-Sonate.
Ein Buch über Feuersalamander hat die vielseitige Feli auch schon geschrieben.

Den Pedro habe ich dann ja doch noch kurz kennengelernt.
Jener Moment, wo er die Treppen herabstieg mag kurz spannend gewesen sein, dann jedoch entpuppte er sich als verstockter, langweiliger Beamtentypus mit akkurat gescheitelter Frisur. Ein trockener Jüngling, mit dem man sich absolut nichts zu sagen wüßte.
Mit brummenden unverbindlichen Worten verabschiedete er sich in die Nacht hinaus, und auf Utes Fragen wo er hinstrebe, was er vorhabe, und wann er wohl zurückzukehren gedächte, gab´s nichts als vielleicht ein gleichmütiges Achselzucken oder ein unverbindliches und kaum zu verwertendes Brummen.
Dann entschwand er, und es fühlte sich an, als sei´s ein Abschied für immer.

Die Stiegen ächzten stark unter meinen Schritten, und durch die Geländerverstrebungen hindurch sah man die Ute zur Bettgangszeit immer noch im Sorgenstuhle sitzen.

„Du brauchst nicht so leise zu sein!" sagte sie gequält, so doch auch mit einem tapferen Lächeln behaftet.

Schaute man so durch die Verstrebungen hindurch, so sah´s direkt ein bißchen aus, als besuche man eine Frau hinter Gittern.

Samstag, 11. Oktober
Rottweil

Trübe und regnerisch.
Nur einmal,
ausgerechnet, als ich auf meiner Violine übte,
rissen Teile der Wolkendecke ein,
um alsbald wieder zusammengeschoben zu werden

Die gutmütige Stimme von Vati Hubert leitete den Tag ein: „Feli! Steh bitte auf!" sagte er beschwörend, „die Mama sagt, du sollsch heut früher aufstehö!" und nach einer Weile fügte er hinzu: „Wir haben heut _viel_ zu arbeiten!" Und das gedehnt und hell ausgesprochene „viel" klang so, als würde er zu diesem Wörtchen den Zeigefinger in die Höhe recken.

Beim Frühstück erfuhr ich, daß Felis kleine Schwester, die 15-jährige Rosalie, gefirmt zu werden wünscht, weswegen sie heut im Kloster sei. Zweimal habe sie, wie unter Waldorfschülern üblich, ihren Firmungsschulungstag bereits vergessen, doch diesmal hatte sie daran gedacht.
Der Hubert blätterte in jenem Buch, das die Feli über den Feuersalamander geschrieben, und mit vielen liebevollen bunten Zeichnungen bebildert hat, und schmunzelte. Besonders der letzte Passus klang lustig: „Da war ich nicht mehr traurig, sondern froh." Und wohlwollende Erheiterung zog sich über das reife Herrengesicht.

Unten in der Musikschule war soeben jene nudellockige Dame mit dem dicken Po eingetroffen, die das Seminar über die Quantenheilung abhalten wollte, und demgemäß für das Wochenende die Räume gemietet hatte.
Die Feli putzte die Toiletten mit großer Hingabe und Sorgfalt, und ich studierte die rosa Visitenkarte dieser Dame, die ihre Arbeit mit so viel Eifer und großer Begeisterung über all diese sensationellen Neuentdeckungen ausübt.

Ihr Seminar stärkt Lebensqualität und Kreativität.
Ich entdecke ein winziges Loch auf meinem roten Röckchen, auf das ich doch so stolz bin, und die

Nudellockige konnte zu diesem Thema mit einem amüsierlichen Anekdötchen aufwarten:
Einmal hatte sie ganz viel abgenommen und gönnte sich demzufolge eine schicke Hose.
Zu schick, wie sich wenig später zeigen sollte, denn als sie sich während des Seminars einmal bückte, riss die Naht an der Gesäßregion.
Leider war der Weg zum Hotel, wo man in eine andere Hose hätte umsteigen können, zu weit, und so sagte sie zum Publikum: „Mir ist etwas Menschliches passiert, und bevor jetzt alle die ganze Zeit draufschaun, schauen wir es uns gemeinsam an."
Das fand ich nett, und mit einem Lächeln fuhr ich nach Trossingen – doch schon bald versperrte mir eine Baustelle die Weiterfahrt, und die Umleitung Richtung Villingendorf zog sich wie ein Faden ins Ungewisse. Ich fuhr sogar nochmals zum Kreisl, umrundete ihn ratlos, um ratlos erneut ins Ungewisse zu fahren, und für einen kurzen Moment schien es, als sei Trossingen aus der Außenwelt hinausgesperrt worden.
Doch irgendwann zur Mittagsstund kam ich dort an.

Die Musikhochschule erschien mir trostlos und widerwärtig. Die Fenster wirkten wie trübe Augen mit schwammigen, schmuddeligen Tränensäcken, auf einem verdrossenen Altherrengesicht.
Alles war so schmuddelig.

Schmutz auf kaltem grauem Putz.

„Video überwacht!" stand da furchteinflößend an der Hochschularschespforte, doch die Pförtner sind denen entweder hinweggestorben, oder aber hinwegrationalisiert worden, und am Licht spart man jetzt auch, indem´s nämlich dunkel und schummrig war. (Erinnernd an den REWE in Grebenstein, wenn er zu Ostern zwei Stunden früher schließen möchte, und mit der Lichtabschaltung schlagartig auch die Höflichkeit abschaltet.

„Husch, husch, kommt zu Potte!" scheint die Abschaltung uns Kunden Dampf machen zu wollen.)

Man hörte vereinzelte Bläser blasen, und ich umrundete die Littfaßsäule, bis ich erst nach einer ganzen Umrundung die Zeitungsartikel mit dem Unfaßbaren fand. Ein paar Lobgesänge auf den Verblichenen, und dann hieß es, er sei in der Nacht zum Mittwoch im Beisein seiner Ehefrau in seinem geliebten Bauernhaus in Schluchsee friedlich und für immer eingeschlafen.

Auf der Parte, - von der Hochschule selber gestaltet, - sah man ihn von hinten.

Später sprach mir die Navigatöse so sehr aus der Seele, als sie sagte: „Bitte den Kreisverkehr an der <u>ersten</u> Ausfahrt verlassen."

Ich fuhr durch St. Georgen, und meine Gedanken streiften die Petra und ihren beifallheischenden Satz: „Ich bin hier um Musik, nicht um Politik zu machen!"
(Über ihre Teilnahme am „etwas anderen Musikfestival" der diebischen und kleingeistigen OSL.)

Ich fuhr nach Hausach, und die Hauptstraße von Hausach schien mir so verrumpelt und eng. Schließlich zwängte ich mich mühevoll in einen engen Parkplatz, und das rosa Pfarrhaus fand ich auch – bloß schien es mir mit einem Male so, als seien seit meinem letzten Besuch Jahrzehnte verstrichen.
„Ob jetzt womöglich gänzlich andere, fremde Personen dort wohnen?" dachte ich bang, als ich mich dem Hause näherte.
Trotz der Vorbänge schellte ich nun zag, doch mein Geklingel tönte trotz der Zagheit ganz laut, nackt und schrill, so daß ein höflicher und verlegener Mensch zusammenzucken muß. Die Gegensprechanlage surrte, ich stellte mich vor, und eine ganz mürrische Frauenstimme sagte: „Ja. Kumm eini!"
Oben standen Gerhard und Jeannette in ihrer geschmacklosen, so jedoch äußerst reinlich gehaltenen Wohnung.

Mittlerweile hat man sich einen kleinen braungelockten, und leicht abgegriffen wirkenden Pudel mit Namen „Ivo" angeschafft.

Wir wärmten uns relativ schnell wieder an, und ich bekam einen Espresso und zwei Gugelhupfstücke serviert. Man selber strebte auf eine Hochzeit um 14 Uhr, so daß die gemeinsame Zeit bemessen war, und so sprachen wir nur ein bißl über Geographisches. Wo man herkommt, und wo man hinstrebt. Die Jeannette schrieb mir ihre E-Mail Adresse auf, und retirierte sich zum Duschen.

Der Gerhard wirkte durch die Fülle der Jahre, die er nun bereits auf Erden verbringt (66), zumindest als Anblick ein wenig „abgewetzt": weißes Haar, eine ungesunde rosa Gesichtsfarbe und vom vielen Weine leicht gedunsen.

Zum Hündlein sagte er: „Du Stinkerle!"

Einen anderen Hund hatten sie auch mal, doch der starb bereits mit zwei Jahren auf einem Spaziergang.

Wir tauschten Erinnerungen aus:

Vom 50. Geburtstag damals, wo ich auf meiner Violine gespielt habe. Die Mutter des Geistlichen, die damals freudig mitgefeiert hatte „lebt au no". Sie ist mittlerweile 90 Jahre alt, und man vertopfte sie ins Altenparadies Baden-Baden.

In Elzach wartete ich an der Kirche auf die Pfarrerin Frau Müller-Gärtner, und die fröhliche

Frau, die sogar einen köstlichen Kuchen gebacken und mitgebracht hatte, war mir auf den ersten Blick sympathisch. Sogar ihr kleiner Rauhhaardackel Merle war mitgekommen, und die kleine Merle freute sich so sehr, mich kennenzulernen, daß sie begeistert an mir emporhupfte.

Wir Damen ließen uns in einem bleichen Gemeinderaum nieder, um uns kennenzulernen. Ich erzählte von Taiwan, und erfuhr im Gegenzug dazu, daß Frau Müller-Gärtner einst bei einer Gastfamilie in Toronto lebte.

Frau Müller-Gärtner ist vielleicht nicht mehr ganz jung, so ganz alt kann sie aber auch nicht sein, da ihr Papi nämlich morgen erst 80 wird. Ein Altersgenosse von Udo Jürgens somit, wie ich lachend konstatierte.

Nach dem sehr gut besuchten Konzert:

Mit Ming am Telefon unterhielt ich mich über Herrn Reimers bevorstehende Beerdigung, und man frug sich, wer da wohl hingeht? Nachher ist´s eine Beerdigung, wo kein einziger Mensch kommt, und seine Frau schafft´s aus gesundheitlichen Gründen auch nicht?

Auf Wunsch des Verstorbenen bitte man darum, statt freundlichst zugedachter Kränze und Blumen ein paar Flachmänner mit in die Gruft hinabzusenken, bespöttelte ich den Verblichenen vergnügt, und berichtete, wie die Hochschule ganz und gar auf Sparkurs zurückgeschaltet hat, und sogar bei der Beleuchtung knausert.

Samstag, 12. Oktober
Rottweil – Stuttgart

Zunächst hellgrau getönt. In Stuttgart teilweise bedeckt freundlich, doch dann überzog es sich auch bald wieder

---

Vorwissen für den Tag:

In Stuttgart wohnt Buzens Exe Hilde. Klavierlehrerin und allein erziehende Mutti zweier Schulkinder, dem 14-jährigen Yussuf (Yüsslein) und der 11-jährigen Alya

Heut, an Herwigs 51. Geburtstag dachte ich an den Herwig:
Ich sah ihn vor mir: Wie er neben seinem Bulleröfchen in der Eingangshalle seiner Galerie so dasitzt. Kaum ein Mensch verirrt sich mal in seine schöne kleine Galerie, und die wenigen, die es doch tun, lassen sich mit Gebäck und Kaffee abfüllen, schneiden ein bedauerndes Gesicht, und kaufen ihm nichts ab.

Mein Erhöbnis am Morgen gestaltete sich etwas mühsam, weil es im Hause so still war. Die schwerst erkrankte Ute schien in einen totenähnlichen Schlaf versunken, in welchen der optimistisch Veranlagte vielleicht eine Heilungshoffnung hineinlegt.
Vati Hubert hatte sich als Einziger in den erholsamen Sonntag erhoben, und säbelte riesige Brotteile, wie zur Wilhelm-Busch-Zeit, ab.

Es heißt, die Ute sei ziemlich verzweifelt.

Einmal besuchte ich sie, und die Ute krächzte mit letzter Kraft: „Ich versuche aufzustehen!"

Und auch wenn ich mir nichts sehnsüchtiger wünschte, als daß die Ute bei uns säße, und sich ihre Batterie in unserer Aura wieder aufladen möge, machte ich diesem Wunsch diametral entgegenlaufende, gänzlich andere Worte drum: „Lieber nicht!"

„Die Ute scheint ernsthaft krank zu sein!" sagte ich unten dümmlich und hilflos, weil mir nichts Klügeres einfiel.

Nach einer Weile sah man ganz klapprige Stöckelesbeine die Stiegen herabwanken.

„Ich kann nicht aufstehen. Könnt ihr mir einen Grüntee machen?" krächzte ein kraftloses Stimmchen.

Die Ute lag saft- und kraftlos zu Bette, und hatte bereits seit zwei Tagen nicht mehr geschlafen.

Vielleicht ist's ja auch furchtbar für Mutti Ute:

Da liegt man nun, der Tod scheint einem höhnisch ins Gesicht zu lachen, und die Kinder, für die man sich so aufgeopfert hat, sitzen bloß witzelnd und unreif am Frühstückstisch, und schwenken keinen einzigen Gedanken hinauf zu ihrer sterbenden Mutti.

Ich erfuhr, daß die Ute so viele Sorgen auf einmal hat, von denen sie ausgehöhlt, und seelisch nun total marode ist.
„Die Feli hat mich belogen!" jammerte sie.
Sie hatte gesagt, die Luisa übernachte nicht bei denen, doch nun hat sie ja doch hier übernachtet.
„Es ist UNERTRÄGLICH!" sagte die Ute mindestens dreimal in nicht eindämmbarer Verzweiflung, die aus ehrlichstem Herzen kam.

Ich saß ganz lange in Utes Zimmer, und erzählte vom jähen Exitus eines Herrn Reimer, und zum Abschied umarmte ich die Ute sogar, auch wennse vielleicht das von der BILD herbeibeschworene Ebola-Virus hat?

Am frühen Abend in Stuttgart:
Ich begrüßte das Alyalein, das groß und üppig geworden ist. Dann holte ich die schönen Äpfel, die mir die Edith geschenkt hat, aus dem Auto herbei, und Hilde und Alya buken nun im Duett einen Apfelkuchen.
Einmal hat man gemerkt, wie sich die Erbmasse von Hildes schnippischer und dreister Kusine Oda im Alyalein festgesetzt hat.
Ich frug: „Wie sieht der Yussuf jetzt aus?"
Und die Alya sagte unbekümmert: „Groß, dick und dumm – wie immer!"

Ich durfte meine Mails herabladen, und *eine* Sorge hätte ich ja gehabt: Daß nämlich die Frau Pfarrerin Bauerle schrüb: *Sorry, Frau König! Das mit dem Abendkonzert hat sich erledigt. Eine hervorragende Geigerin aus der Nachbargemeinde....* Doch nein – Frau Bauerle freut sich auf mich, und das, obwohl sie doch gar nicht dabei sein wird. Sie freut sich aber einfach für die musikbegeisterten Gemeindemitglieder mit.

Es gab einen hervorragenden Salat, und auch Alyas beste Freundin, die kleine Yasemin mit ihren vergitterten Zähnen, die auf dem gleichen Flur in diesem sahneweißen Mietshaus lebt, war plötzlich da, und aß mit. Die Hilde reichte dem Gast freundlich einen Teller mit Salat, und die Alya sagte einfach: "Mama, jetzt hör auf, ständig unsere Gäste zu mästen!"

Ich fühlte mich lose und übermütig gestimmt, und schlug vor, daß die Hilde, die so wunderbare Salate zuzubereiten versteht, eine kleine Gaststube oder zumindest Salatbar eröffnet, und einen lustigen Titel gäbe es dafür auch schon: „Da haben wir den Salat!"

Diesen köstlichen kleinen Spruch habe ich mir von Maria Baier, der Biofrau in Aurich abgeschaut, die ihre Kochkurse damit humorvoll zu übertiteln pflegt.

Dann erzählte ich die Geschichte vom Jorberg und seinem Sohn Johannes: Man brauchte sich nur kurz anzublicken, und schon brach wieder ein schwer zu löschender Zwist aus.

Doch eines Tages war der Johannes die ewigen unschönen Käbbeleien mit dem Vater leid, und er entschied sich, eine Biographie über seinen alten Herrn zu schreiben, zumal dies ein antroposophischer Kniff sei, sich mit jemandem anzuwärmen.

Für Mutti Erdmute, die immer so sehr unter der schlechten Wellenlänge zwischen Vater & Sohn litt, sei es Balsam auf der Seele gewesen, Vater & Sohn bis weit nach Mitternacht so einträchtig nebeneinander in der Küche sitzen zu sehen.

Der Jorberg mußte aus seinem Leben erzählen, und geriet dabei in Glut und Plauderschwung, und der Johannes schaute gebannt auf ihn drauf, und machte sich eifrig Notizen.

Abends spielte ich ein Konzert in der Kirche von Degerloch, und als einzige Gratulantin zeigte sich hernach die treue Veronika.

Die Veronika war mit der U-Bahn in die Landeshauptstadt gereist, um den Konzertbesuch an einen Besuch bei ihrer leider gestürzten 90½-jährigen Tante Annemirl im Altenheim anzuschmiegen.

Auf Wegen, wo einst die Degerlocher Oma lief und radelte, begleitete ich die Veronika noch zur U-Bahn Station.
Ich sprach darüber, daß man immer wieder von Damen höre, die auf dem Wege zur U-Bahn spurlos verschwinden.
Ach, wirklich?
Tatsächlich aber fiel mir auf die Schnelle kein einziger Fall ein.

Abends saß ich mit der Hilde im Café-Lässig, und die Hilde sprach nur über ihren unbewältigten Buz-Konflikt.
Hilke wünscht ein Gespräch mit Ming & Buz, weil sie sich in Aurich immer so fehl am Platze fühle.
Sie erzählte, daß sie einen Brief an Alice Schwarzer geschrieben habe, und vielleicht einen Regisseur für ihren Fall erwärmt?
Ich fand das alles so imponierlich.
„Schau an! Es bewegt sich etwas!" ist man geneigt zu denken. Doch in Hildes Leben bewegt sich nichts.

Daheim saßen wir noch ewig lang zu Tische, und erzählten einander allerlei:
Letzte Woche war die Hilde beim Elternsprechtag und berichtete nun, daß sie den Yussuf einfach nur dafür bewundere, wie er es wohl mit den gräßlichen Lehrern aushalte? Er beschwert sich nie,

interessiert sich für alles, und gehe offenbar gerne in die Schule. Doch *sie* könnte dies nicht.
Und auch wenn seine Noten eher mäßig denn fantastisch sind, läßt er sich davon seinen frischen Mut nicht nehmen.
[Und dies alles verdankt sie *mir*, weil ich dem Yüsslein einst so viel Lebensweisheit mit auf den Weg gegeben habe!] ← (dachte ich, sprach´s jedoch nicht laut aus.)

Montag, 13. Oktober
Stuttgart – Lauterbach/Schwarzwald

Sehr trübe und zeitweise regnend.
Abends schönstes Abendrot

Vorwissen

Im schwäbischen Lauterbach wohnt meine Freundin Katharina, Geigenlehrerin, mit ihrem schwer erziehbaren 13-jährigen Sohn Marius.

Hilde und Yüsslein mußten heute schon im Morgengrauen das Haus verlassen.
Zunächst schienen Mutter & Sohn verdrossen und schweigend miteinander zu frühstücken, denn

außer Geraschel und dem leisen Klirren des Bestecks hörte man keinen Mucks.

Die Alya hingegen durfte heut zwei Stunden länger schlafen, dieweil in Stuttgart z.Zt. so viele Lehrer krank sind.

Das große Lehrersterben von Stuttgart – „dank" dem Ebola-Virus.

Ich lag noch zu Bett, und plötzlich bewegte sich meine Türklinke ganz leis: Das Alyalein, das so eine wunderbare, entspannende Wellenlänge zu mir hat, schlich sich nahezu geräuschfrei, und in einer an Rehlein erinnernden liebevollen Rücksichtsnahme herein, um ihre Schulmappe noch besser mit lose herumliegendem Schulmaterial zu befüllen.

Zu mir ist sie immer sehr freundlich und höflich, und nur dem Yussuf gegenüber benimmt sie sich meist respektlos und kränkend, und zu Mutti Hilde ist sie oftmals patzig oder gar bockig.

„Hab ich dich erschreckt? Hab ich dich geweckt?" flüsterte sie ganz erschrocken, liebevoll und hochsozial dem Mitbürger gegenüber, so wie man sie gerne *durchgehend* hätte.

Gestern hatte ich im Gedanken, Herrn Reimers Beerdigung zu besuchen, einen richtigen kleinen Anker auf tosender See in meinem nichtssagenden kleinen Leben gefunden, doch heute wiederum erfüllte mich eben dieser Gedanke mit Befremden. Was will ich denn da? Ich stellte mir vor, *daß dort*

Leute auftauchen, die man gar nicht sehen will: James Creitz beispielsweise, ein öliger amerikanischer Bratschenprofessor mit käsig bleichem Gesicht.
Es wird getuschelt, und die Gedanken der anderen stören mich, auch wenn sie mir wurscht sein sollten.
Dies alles dachte ich im Bad, vor dem Einstieg ins Duschhäusl.
Nach dem Duschgenuß wollte ich noch ein wenig am Alyalein herumgenießen, das allerdings in einer präschulischen Hektik stak.
Darüber hinaus stak das Alyalein in der neuesten Mode, die ihre strammen, üppig gepolsterten Beine unvorteilhaft unterstrich: In knappen Hotpäns, unter denen sie in eine graue Modestrumpfhose trug.
Das Alyalein streckt ihre Sätze auf reife Art gern mit einem „sooo was an…"
„Ich werde sooo was an den Bus verpassen!" sagte sie hektisch und unfroh, und beschmierte sich schnell noch ein Brötchen mit Nutella, so daß hernach alles so unappetitlich nutellaversaut ausschaute.
Ich jedoch schaute nach meiner Post.
Der süße Ming hatte zu später Stund so köstlich geschrieben:
Gute Nacht, liebstes Kikalein!
Du schreibst ja immer noch ins Tagebuch!
Marsch ins Bett und Licht aus!

Ich versuchte, mich tiefer in den Exitus von Herrn Reimer einzuarbeiten, indem ich das Internet nach einer Traueranzeige der Familie durchforstete, denn es geht ja nicht an, daß die einzige Traueranzeige für ihn von Frau Gutjahr, seiner Nachfolgerin im Rektoramt, aufgegeben wurde?
Einmal schien ich eine Todesanzeige gefunden zu haben, doch sie gehörte einem anderen Herrn gleichen Namens.

Wenn die Kraft versiegt,
ist Erlösung Gnade!

las man leicht klischéebehaftet, und münzte diese Worte eine kurze Weile lang auf Herrn Reimer, wenn´s auch seltsam schien, daß seine Frau plötzlich „Monika" heißen soll? Aber vielleicht hat er ja eine Neue, mutmaßte ich lose –
oder aber Frau Reimer ist gesundheitlich und geistig gar nicht mehr in der Lage eine gescheite Traueranzeige aufzugeben? machten meine Gedanken einen kleinen unfroh stimmenden Hupf.
Ich versuchte mir vorzustellen, wie die mittlerweile 72-jährige wohl ausschaut und rechnete herum, daß ich sie womöglich seit 20 Jahren nicht mehr gesehen habe.

Später am Tage:
Die Hilde erzählte von einem Schüler, der besser spiele als sie! Er hasst Musikprofessoren und suchte lediglich einen Lehrer, mit dem sich darüber diskutieren lässt, wie er sich ein Werk so vorstellt, um hernach dann doch *so* zu spielen, wie *er* es für richtig hält.
„Da bist du bei mir genau an der richtigen Adresse!" habe ihn die Hilde mit diesen Worten angestrahlt, und dieser wunderliche Schüler taucht regelmäßig alle sechs Wochen auf.
Über den Till sprachen wir auch.
„Frau König, ich habe Blicke beobachtet..." zitierte die Hilde den jungen Till, der damals ja *doch* recht gehabt hatte, als Buz in Verdacht geriet, etwas mit dem jungen Ding angefangen zu haben.
Die Hilde wurde von den Flammen der Liebe bezüngelt und schließlich angesengt.
Schon morgens im Bad hatte ich über das zentrale Problem in Hildes Leben nachgedacht, das ihr den Weg zum Glück massivst versperrt.
Von Bitternis getrieben, und sich von ihm in ein derart erbärmliches Pißpottdasein als Klavierlehrerin gedrängt fühlend, setzt die Hilde Buz auf die Anklagebank. Doch der Rachdurst zielt nicht auf eine saftige Schadensersatzsumme oder gar einen Knastaufenthalt, wie bei einer normal verärgerten sitzengelassenen heimlichen Geliebten, – die Hilde sehnt sich danach, mit unserer Familie in

Frieden, Einklang und freundschaftlicher Verbundenheit zu leben.

Hinzu quält sie die Verbitterung darüber, daß Buz ihre glühende Liebe einfach einbehalten hat, so daß es der Hilde nicht möglich ist, sich erneut zu verlieben. Er hat Versprechungen gemacht, sie zu Unehrlichkeiten genötigt, sie in Abhängigkeit versetzt und an sich gebunden, so lange sie hübsch, knackig und jung war, und die jugendlich frühlingshafte Liebe noch von Demut und Verehrung getragen wurde. Und nun? Hildes Liebe liegt in Ofenbach in der Tiefkühltruhe, oder aber Buz hat sie verschlampt – keiner weiß, wose ist?! Unter der verbitterten Oberfläche jedoch brodeln auch nach all den Jahren immer noch leidenschaftliche Worte wie diese hier: „Wolfram König ist der *einzige* Mann, den ich jemals geliebt habe!" Worte, die man in seiner Verärgerung gar nicht anbringen möchte, die jedoch die Wurzel der Verärgerung sind:

Wer einen so bezaubernden Menschen wie Buzen mit seiner magischen Sogwirkung auf Frauen kannte und liebte, kann für andere nicht mehr viel empfinden, und wenn man sich auch noch so sehr darum bemüht.

Dann sprachen wir noch über den Prof. Uhde, von dem sich die Hilde doch wenigstens eine klitzekleine Prise Vitamin B für ihr berufliches Fortkommen erhofft hätte. Doch der Professor Uhde hatte sich bereits mit ein, zwei Brasilianerinnen umgeben, die er für Bett, Assistenz und Zukunft bereits eingesponnen hat, und die Hilde dient allenfalls noch als Spielwiese dazu, die scheinbar bittere Wahrheit, daß man heutzutage auf dem Klassik-Markt keine Chance mehr habe, lustvoll auszubreiten.

Die Hilde als gestresste Arbeitnehmerin ist gezwungen, auch die Mittagspause mit Lästigem auszupolstern, und das Lästige rasch und zügig in Angriff zu nehmen.

Z.B. die verstreuten Wäscheteile zusammenzuklauben, und dabei erging sie sich nun in lauten Schmähtiraden hierüber, wie sehr das Yüsslein müffele!

Dieser ekelhafte Schweißfußgeruch überall im Hause, und verglichen mit Pubertätsschweiß sei die Geriatrie eine Wohltat.

Doch ist man als Muslim nicht dazu aufgerufen, fünfmal am Tag die Füße zu waschen, um mit gewaschenen Füßen in die senegalesische Gebetshose zu steigen, den Gebetsteppich auszurollen, und sich gen Mekka zu kehren?

Die Wäsche stopfte die Hilde nun in die Waschmaschine im Keller, wo sich für jeden Mieter eine gärtchenartige kleine halbumzäunte offene Zelle befindet. So klein und eng, und derart am Überquellen, daß man die Herbstferien eigentlich zum Entrümpeln nutzen sollte.

Die Hilde schenkte mir eine Kinderkutterschaufel mit Besen für das Pröppilein.

Ein sympathischer älterer Herr lief vorbei, um ein paar launig-verbindende Worte über die viel zu kleinen Kellerzellen zu machen, und hinzu schmunzelnd zu monieren, daß in den Wohnungen eine Vorratskammer fehle, und die Hilde verwandelte sich in eine ganz normal empörbare reife Dame, die lustvoll-verbindend ins gleiche Horn tutete.

Hernach hängten wir im Duett die Wäsche auf, und die Hilde erzählte von ihren Nachbarn.

Eine Nachbarin sei betrüblicherweise ganz doof: Morgens um halb vier hatte die Hilde keinen Parkplatz mehr gefunden, und stellte sich somit auf den einzig freien, allerdings mit einer Nummer versehenen Parkplatz. Sie legte einen Zettel mit ihrer Händi-Nummer und der Erlaubnis, sie jederzeit zu wecken – auch nachts - ins Fenster, und die erschäumte Mieterin ging gar nicht darauf ein, daß die Hilde um diese Uhrzeit so schrecklich müde war, daß es ihr schlicht an Kraft gebrach, noch länger vergebens an einem Parkplatz herumzusuchen.

Dies wolle sie nicht! Aus. Punkt. Basta!

„Is ja gut – Entschuldigung!" schmetterte die Hilde geödet nach, und was die Frau daraufhin wohl erwidert habe? Ach, vergessen, uninteressant!

Die Frau sei noch jung, - so zwischen 25 und 27 Jahre alt - und hat einen schwarz-afrikanischen, sehr gut aussehenden Freund, weswegen sie auch keinen Kontakt zur Hilde wünscht. („Wenn die mir meinen Parkplatz ausspannt, so spannt sie mir unter Garantie auch meinen Freund aus!")←so denktse grimmig.

Nach einer Weile begleitete ich die Hilde zum Musikraum in der gegenüberliegenden Straße, wo die Hilde ihre Privatschüler zu empfangen pflegt. Hildes Sinne waren bereits auf den Schann-Marc

gerichtet, dessen Mutti folgendes vorgegeben hatte: „Dem Schann-Marc dürföt Sie koi Hausaufgabö aufgäbö – der soll Spaß habö!"
Im Zimmer lag ein hoher Stapel mit Hochglanz-Klavierjournalen. Sie hießen direkt international „The pianist", und waren mit erregenden Themen rund um die unerreichbare Welt und den Glanz der Konzertpianisten gefüllt, und mit lauter hoffnungsvollen Pianisten auf den Titelblättern geschmückt: Eine junge Dame namens Valentina, deren Familienname mir leider entfallen ist, schien gar aus purem Gold gemacht.
Von ihrem Haupt herab floss hellgüldenes Haar in ein dunkelgüldenes Gewand.
In einem anderen Heft befanden sich unzählige Stuttgarter Jungpianisten. Einer verheißungsvoller als der andere, und die bestaunten wir nun, während man sich über den Verbleib vom Schann-Marc zu wundern begann, der normalerweise mit dem Moped herbei zu knattern pflegt.
Schaut man aus dem Fenster, so wird einem eine Fülle an neuen potenziellen Bekannten und Freunden geboten, insbesondere dann, wenn die Straßenbahn wieder einen Schwall Pendler an Land geschissen hat, wie es ein wüsterer Schriftsteller als ich es bin, wohl niedergetippt hätte. Doch der Schann-Marc war nicht dabei.
Dann schauten wir uns den Prospekt von Hildes Klavierschule an, und die Werbebildchen, welche

ihrerseits die Hilde beim Unterrichten eines weißhaarigen Senioren zeigen, machten einem richtig Laune, sich aus seiner Trägheit herauszuhangeln und als Pianist zu versuchen.

Ich stellte mir vor, wie die Hilde ihre „Klavierschule für Erwachsene" großspurig: **Aus schlecht mach gut!** nennen könnte:

„Ich verwandele schlechte Pianisten in mittelmäßige Pianisten, mittelmäßige Pianisten in gute Pianisten, und gute Pianisten in Spitzenpianisten" liest alsbald der Interessierte.

Ärgerlich ist nur, daß die Hilde damals, als sie die „Klavierschule für Erwachsene" mit großer Freude und Frische ins Leben gerufen hat, eine „kostenlose Schnupperstunde" angeboten hatte.

Seither hat sie ungezählte kostenlose Schnupperstunden abgehalten, doch die trägen Senioren oder Arbeitnehmer, so zufrieden sie sich auch gaben, zeigten sich hernach nie wieder, so daß die Hilde die kostenlose Schnupperstunde wieder abschaffen sollte, wenn selbige bloß nicht als ein besonders freundliches Entgegenkommen bereits im Prospekt abgedruckt wäre!

Nach einer Weile rief die Hilde den Schann-Marc an, und durch den Duschkopf hörte man pubertäres Gekrächze. Er hätt heut oifach koi Zeit. Ich war doch schon auf den Schann-Marc eingestimmt, doch ich lernte ihn heut nicht mehr kennen.

Die Hilde erzählte so lustig vom Prospekt einer Arztpraxis, in welchem so viele verheißungsvolle Sätze geschrieben standen, daß man richtig Lust auf´s Kranksein bekam.
Die gewöhnlichsten Alltagsaufgaben einer Arztpraxis nahmen sich auf dem Hochglanzpapiere aus, als seien´s Verheißungen:
Blutabzapfen! Blutgruppenbestimmung!
Dies wiederum erinnerte mich an Frau Wyss in Grebenstein, die den banalsten Dingen, - mit schnaubendem, leidenschaftlichen Ausdruck vorgetragen, - eine solch persönliche Note verleiht, daß man hernach das Gefühl hat, so etwas Interessantes noch nie gehört zu haben. „Das muß ich ins Tagebuch schreiben!" denkt man. Beim Schreiben jedoch bemerkt man dann bald, daß es sich nur um Alltagsbanalitäten gehandelt hat.

Ich besuchte jenen Buchladen in der Bauernmarkthalle, der sich auf feine handverlesene Bücher spezialisiert hat. Mit einem besonderen Schwerpunkt auf klassische Musik.
Ausgestellt war beispielsweise ein Buch von Kent Nagano.
Der Opa am Buchtresen war so freundlich.
Man hatte extra einen ganz alten, belesenen Herrn angemietet und eingestellt, um dessen Leben einen Sinn zu geben, und kaum stand er da und durfte die Kunden beraten, da blühte er auf.

Lauterbach am Abend:
Ich klingelte bei der Katharina. Der Marius öffnete mir die Tür, - doch er ist ein anderer geworden.
Tatsächlich schaut er jetzt etwas pubertär aus, und hat eine tiefere Stimme bekommen. Mit der aber sagt, oder brummt er meist bloß Einsilbigkeiten, und außerdem fühlt er sich in der Aura einer reifen Frau verlegen.
Die Katharina war nicht zuhause, und ist wohl froh, daß ich gekommen bin, um mich um den schwer erziehbaren Marius zu kümmern, während sie die Zeit vielleicht dazu nutzö könnt, Probleme mit ihrem Hausfreund Karschdn zu wälzö?
Dann kamse aber doch.
Der Marius benahm sich der Katharina gegenüber derart unzugänglich, daß ich das Gefühl bekam, bei denen wäre das große Schweigen angesagt.

Wir Damen traten einen Abendspaziergang an.
Ein stiller Herr, der wie der Gevatter Tod wirkte, radelte an uns vorbei.
Die Katharina erzählte, wie sie mit ihrem italienischen Lover Antonio in Rom war.
Dort erlitt der Antonio einen Hörsturz.
Die Katharina machte immer alles für ihn, doch in Kalabrien verwandelte er sich in einen Teufel.
Die Katharina litt an einer Mittelohrentzündung, und der Antonio drohte: „Wenn du mit dem Schal

an den Strand gehst, verwandele ich mich in einen Teufel!"
Da war für die Katharina der Ofen aus.

Sie fuhr fort, aus ihrem so reichhaltigen, traurigen Leben zu berichten:
Der Karsten ist vor kurzem aus der Psychiatrischen entlassen worden, und nistete sich wieder bei ihr ein. Doch man könne ihn zu nichts gebrauchen. Bittet man ihn, im Garten Unkraut zu zupfen, so erfindet er direkt buzesartige Ausreden, und dann muß man ihm ständig Kaffee kochen, damit er überhaupt auf die Beine kommt.
„Aber als Freund isch es OK", fügte die Katharina diesen befremdlichen Geschichten, in mattem Erfreuen einen Sonnenstrahl hintan.
An den Marius kommt die Katharina leider nicht mehr so recht ran.
In der Schule lief das Gerücht, er plane einen Amoklauf. Der Direktor rief an, um sich zu erkundigen, ob die Katharina irgendwelche Waffen im Hause habe?
„Ja, meinen Geigenbogen!" habe die Katharina pikiert gesagt.
Es wurde dunkel und kühl, und auch wenn die Katharina immer so fesselnde Geschichten zu erzählen weiß, fühle ich mich in ihrer Gegenwart eher maulfaul.

Und nun erzählte sie mir von einer Anzeige im Schwarzwälder Boten: Christoph, 59 Jahre, sucht eine Partnerin für „gute Gespräche". Die interessierte Katharina habe gleich angerufen, und es meldete sich eine Dame vom Vermittlungsamt.
Ob sie für ein Gespräch nach Stuttgart kommen solle? frug die Katharina.
Nein. Wir kommen zu Ihnen.
Was dös koschd?
„Noi, dös koschd nix!"
Dann kam eine Dame und interviewte die Katharina zwei Stunden lang, und doch: Es koste 3900€.
Aus der Traum!
Der 59-jährige Christoph suchte ja eine „aparte" Frau, und da schaltete die Katharina eine Anzeige, in welcher sie sich selber als „apart" anpries. Dies in der Hoffnung, der 59-jährige könne anbeißen.
Daraufhin kam ein Brief vom Gerold aus Villingen, und mit dem möchte sie sich am nächsten Sonntag treffö.
Der Marius sei meist sehr unwirsch. Er sagt, sie solle sich einen Freund suchen, und ihn in Ruhe lassen.

Daheim versuchte die Katharina lieb und ermunternd auf den verstockten Marius einzuwirken, indem sie ein paar Vorschläge machte, was sie ihm wohl kochen könne?

Doch man bekommt kaum eine Antwort – höchstens mal ein pubertäres Pöbeln, und nur als die Katharina sagte, dann gäbe es eben heut Käseseelen, da brummte er mürrisch: „Nein. Was Warmes!"

Die Katharina hatte in Windeseile Spätzle gekocht, doch der verstockte Marius ließ sich so schwer herbeilocken, und einmal war er gar gänzlich verschwunden. D.h. aus der Bodenritze der Klotüre vermittelte ein schwacher Lichtschimmer eine Ahnung über seinen Verbleib. Doch es ist, als habe man einen mürrischen alten Mann im Hause.
Dann kam er aber doch, und taute sogar auf, indem er oftmals schrill und albern lachte.
Die Katharina sprach sehnsuchtsvoll darüber, wie's wohl wäre, wenn man endlich im Lotto gewonnen hätte: - da müßte sie ja Stillschweigen bewahren.
Und diesen Satz färbte sie so verzückt ein, als sei's bereits passiert.
Der Marius würde ihr Schweigepakete zum Buchen anbieten: 499,99 € für 14 Tage, 999,99 € für drei Monate usw.
Um den Marius auf der Sonnenseite zu halten, las ich die aggressive Horrorgeschichte vor, die der Knirps niedergeschrieben hatte. Eine Komposition wie einst vom kleinen Matthias, dessen Werke in jungen Jahren allesamt einseitig barsch klangen.
„Auch als E-Book erhältlich!" hatte der Marius auf

das Deckblatt getippt, und die Geschichte sprühte vor Aggression.
Hernach sollte er noch in Latein abgehört werden.

Wir sprachen über das schöne Haus, in dem wir nun gut verpackt beieinandersaßen, und das ja leider doch nicht atmungsaktiv ist, wie im Prospekt versprochen worden war.

Dienstag, 14. Oktober
Lauterbach (auf dem Sofa)

Meist goldener Herbst.
Manchmal jedoch Wolkenstaubwedel
am Himmel,
z.T. auch grau und dicht gewoben

Wie in einem Glaswürfel nächtigte ich in frischer Bettwäsche platt auf dem blauen Sofa. Zwei tickende Uhren, die geräuschvoll die Sekunden vom Rest des Lebens hinwegzuknipsen schienen, hatte ich auf Buzesart einfach von der Wand genommen und nach Art eines perversen Frauenmörders ausgeweidet, sprich, die Batterie neben die Uhr gelegt, und das Ticken war auch augenblicklich verstummt.

Höchst ermattet hatte ich mich auf´s Sofa gebettet-
Wieder war ich so tief in den Sumpf einer ungesunden Ermattung hinabgesunken, daß ich mich fragen mußte, wie ich mich bloß jemals wieder in den Alltag hinauswuchten solle?
Der Marius hatte sich in meine Träume gemogelt, und *betrieb gleich bei seinem Einstand als Traumfigur einen Blödsinn: Er befüllte eine Spielzeugpistole mit klebrigem Zuckerwasser und spritzte einfach damit in der Wohnung herum, so daß alles klebte und bappte.*

Am Morgen ging das Licht an, doch grad wie Hilde & Yüsslein, hatten sich Mutter und Sohn nichts Großes zu berichten. Ein bißchen Gebrumme, Geknurre und Geknarze – leicht gereizte mütterliche Ermahnungen, und weg war der junge Mann – von der Leine der leidvollen Erziehungsaufsicht in einen freudlosen Schulalltag entlassen, und wie dem Stundenplan in der Eßecke zu entnehmen war, hatte sich die Schule etwas Neues ausgedacht: Jedes Fach zweimal hintereinander, und dies, wo man doch nicht einmal weiß, wie man die ersten anstrengenden 45 Minuten in Mathematik überhaupt gescheit absitzen soll?
Doch dies habe den Vorteil, daß der Ranzen dadurch leichter wird, erfuhr ich.

Die Katharina telefonierte mit dem Bert, - jenem fröhlich-engagierten Vater, dem vor 11 Jahren die Frau hinweggestorben ist.
Er hatte sich aus Freundlichkeit erboten, dem Marius Nachhilfe in Mathe zu erteilen. Doch der Marius sei immer so unfreundlich und muffig, so daß die durch und durch gelungenen und wohlgeratenen fünf Kinder des Herrn bereits fragend ausgerufen hätten: „Warum tusch du dir dös oo?"
Der Herr machte es aber nicht für den Marius, sondern bloß für die Katharina, und dies tat der Katharina richtig weh: „Woisch was? Ich hass´ den Marius zur Zeit richtig. Warum tut er mir das an? Und dann bin ich auch noch sauer auf den Krischdoff, was er mir für ein Scheißkind angedreht hat!"
Hernach telefonierte sie mit dem Dr. Andreesen, dem Psychiater, um ihm bedeutsam zu erzählen, wie der Marius unlängst ein Gespräch zwischen ihr und dem Antonio belauscht habe.
Der Dr. Andreesen habe gemeint, der Marius stünde kurz vor einer Psychose, während der Antonio das Gebaren des Pubertierlings geringschätzig auf die unheilvolle Erbmasse und die seiner Meinung nach allzu enge Mutter-/Kind-Bindung zurückführte.

Ich erzählte von der unmöglichen Dame im Kfz-Büro von Hofgeismar, die mich wie nebenbei frug, ob ich wohl ein Wunschkennzeichen wünsche? Und hernach sollte dies 24,95 € kosten!
Dies erzählte ich aus jenem Grunde, weil mich die verdeckte Abzocke so sehr an die Heiratskleinanzeigen im Schwarzwälder Boten erinnerte, die ich am Morgen studiert hatte, während die Katharina ihre entblößte Rubenslast ins Duschhäusl schleppte. (Für einen Rubens- und Botero-Verehrer vielleicht ein verzückender, für den pubertierenden Marius, der mit dem Thema „üppige nackte Frauen" tiefsitzende Probleme hat, jedoch ein grauslicher Anblick.)
Und als die Katharina im Duschhäusl entschwunden war, studierte ich die Kleinanzeigen weiter:
Eine Anzeige war mit „Hallo, die Damen!" und „Gruß Sebastian" umrankt, und beinhaltete das Angebot für sinnliche Massagen, heiße Küsse und mehr!

Ich erfuhr, daß der Opa Guntram dem Marius in Straßburg mal eine zischende Ohrfeige verpasst hat. Der Marius wollte barfuß laufen, und Mutti Katharina hatte es doch erlaubt, da dies doch sogar g´sund sei?
Der Marius heulte barmend, - und ganz toll von ihrem Vadder fand es die Katharina, daß er sich

entschuldigt hat: „Ich habe einen großen Fehler gemacht. Kannst Du mir verzeihen?"
„Jaaa, schon."
Aber das Feuermal auf der Wange wird ewig weiterbrennen.

Ich saß im Wartezimmer der Psychiaterpraxis, da mich der Psychiater Andreesen ärgerlicherweise nicht dabeihaben wollte – und doch hörte man durch die Wand jedes Wort, und der Marius klang so reif und überzeugend, wie er sich zuhause niemals anhört.
Nachdem die Sitzung vorbei war, wandte sich der Psychiater noch sehr freundlich an mich, und unter der hölzernen Altherrenschicht schimmerte eine schwarzwälderische Variation von Gidon Kremer durch.

Am Abend kam die Jessica, jene russisch ausschauende Geigenschülerin, die sich zur Zeit mit der Frühlingssonate abmüht. Nach der Violinstunde verwandelte sich die Jessica von einer braven Geigenschülerin mit verspannter Nackenmuskulatur in das Gretchen Vollbeck aus den „Lausbubengeschichten" von Ludwig Thoma, das dem Marius nun mit Feuereifer eine Lektion im Lateinischen erteilte.

Mutti Katharina verabschiedete sich zum Elternsprechtag in der Schule, und sollte erst nach halb elf wiederkehren.

Noch lange hörte man das Gretchen Vollbeck gebildet referieren. Hie und da stellte es eine examinierende Frage – beispielsweise über den Cornelius Nepos? - und einmal sagte sie so rührend: „Ich neige dazu, zu viel zu reden. Aber dös musch mir sagö, gell?!"

Der Marius saß artig dabei, und sagte einmal ebenfalls etwas Hochgebildetes über das Plusquamperfekt.

Am Morgen hatte mir die Katharina in ihrer Hilflosigkeit den Vorschlag unterbreitet, daß ich den Marius zu mir nehme, da ich ja die Einzige bin, mit der er "kann", und ich stellte mir Julchens Entgeisterung vor, wenn ich plötzlich den Marius mitbringe, und bei uns aufstelle?

Schließlich stellte ich aber meinen Läptop auf.

Rehlein schrieb freudig, daß sie endlich wieder Energie habe, und mit Buzen geht es auch ein wenig aufwärts. Er hat wieder etwas Appetit und ißt seinen Teller leer, und in einem anderen Brief (davor geschrieben) hieß es allerdings: „Es ist still geworden um uns Alte", und Rehlein freut sich unbändig auf den 1. Dezember, wenn ich endlich wieder zu Besuch komme.

Der Marius setzte sich mit seinem Läptop neben mich, und so, wie der kleine Matthias einmal komponiert hat, so tippte der Marius jetzt am Fortsatz seines blutrünstigen Romanes, und erzählte oftmals händereibend irgendwelche schauerlichen Winkelzüge, die ihm vorschwebten. Hin und wieder heftete auch ich den Blick in seinen Läptop, und man muß schon zugeben, daß man einen derart frisch zubereiteten Roman doch nur sehr selten zu lesen bekommt. Die Buchstaben wurden direkt für das Auge frisch ausgepresst.
Es ging um irgendwelche Geheimcodes, und interessierte mich leider nicht so.

Einmal rief mich die Ute an, und wir sprachen über Herrn Reimers bevorstehende Beerdigung, wo man sicherlich einige historische Gestalten aus den Hochschulzeiten wiederträfe. Doch nur auf die Allerwenigsten hätte man nach dieser langen Zeit noch Appetit.
„Frau Gutjahr kommt sicher!" sinnierte die Ute, und holte auch schon gleich zu einer interessanten Klatschgeschichte über die Tochter von Frau Gutjahr aus: Die 11-jährige Meret ginge zusammen mit Schülern von ihr in Rottweil in eine Klasse, und dieses Kind – die Ute senkte bedeutungsschwer die Stimme – würde geschlagen! Vielleicht nicht von Frau Gutjahr selber, sondern von ihrem Mann, einem älteren bayrischen Herrn vom alten

Schlage, der der Meinung ist, daß a g´sunde Watschen noch niemandem geschadet habe.

Spätheimkehrerin Katharina war ganz aufgequirlt von den netten Lehrern. Z.B. vom Herrn Pfeffer, der sooooo nett sei, und auch die Deutschlehrerin sei doch wirklich köschtlich!
Der Marius ging nicht auf diese Worte ein, und sagte stattdessen: „Ich schreibe das HEUT noch zuende. Egal wie lang es dauert!"
Dazu saß er einfach auf dem Fernsehsofa an jener Stelle, auf die sich die Katharina gerne selber gesetzt hätte um abzuspannen, und auf die netten mütterlichen Ausbrütungen, die die Katharina für ihn getätigt hatte, reagierte er nur unwirsch-flüchtig bis gar nicht.
Sie habe sich gedacht, er könne das soziale Wochöend vielleicht in der Gärtnerei hinter der Psychiatrischen absolvierö? Dort lerne er etwas über Pflanzen und Tiere, und könne sich ein wenig mit psychisch kranken Kindern abgeben?"
„Warum soll ich mich mit psychisch kranken Kindern abgeben??!" barschte der Marius auf gehässige Weise.
„Woisch, du könnsch auch an der Tafel in Hornberg…" regte Mutti Katharina an.

Mittwoch, 15. Oktober
Lauterbach – Manolzweiler

Matter und müder Sonnenschein mit
schleichendem Wattegewölk

Am Morgen begann die Katharina rücksichtslos zu lärmen. Sie spülte Geschirr, klapperte mit dem Besteck, und versuchte währenddessen dem Marius Belehrungen für den Tag unterzujubeln.
Nach einer Weile erhob auch ich mich, und wer hätte jetzt gedacht, daß sich der muffige Jüngling mit einem Luftkuß von mir verabschieden würde?
Auf die Katharina wartete heut ein Gespräch mit dem Psychiater Andreesen, und ich scherzte, wie der Psychiater sich gleich an sie ranwirft, und sie ihr Pfefferspray nicht vergessen möge:
"Sie glauböt doch net im Ernscht, daß ich Sie wegen ihrem verzogenen Fratz nochmals her b´stellt hab?" sagt er lüstern, und versucht sie an sich zu ziehen, nachdem er alle Fenster und Türen abgesperrt hat.
Derzeit liegt ein Leitz-Ordner von Katharinas Papa auf der Frühstückstafel herum. Der 85-jährige Opa Guntram hat sein Leben aufgearbeitet: Auf der Vorderseite klebt ein Foto, das die Eheleute V. beim „Fescht der Diamantenen" zeigt, nachdem man 60 Jahre lang gemeinsam durchs Leben gewandert ist.

Die pastoralen Geschichten, die den Ordner des Geistlichen füllten, interessierten mich weniger, aber gottlob hat er auch seinen Kindern einen Platz in seiner Rückblende eingebaut.
Mit nur sechs Wochen wurde die kleine Katharina von ihm getauft, und dann erkrankte sie bald darauf an einer Gehirnentzündung – erholte sich allerdings gottlob wieder.

Katharinas Bruder ruft nie an.
Er ruft zuweilen die Mutti an, und frägt, wie es der Katharina geht. Dös scho. Und bei der Einweihungsfeier des Hauses war er denn auch zu Gast, und fand es gut. Einmal aber benahm er sich richtig übergriffig: Er verdächtigte die Katharina mit der Erziehung vom Marius heillos überfordert zu sein, und meinte wohlgemeint, er könne dafür sorgen, daß binnen 13 Stunden jemand vom Jugendamt vorbeikäme, um den Marius in eine Pflegefamilie zu geben!

Katharina und ich besuchten das triste Rathausgebäude, wo die Katharina etwas abgeben mußte. Ich selber besuchte derweil einfach ein Mitarbeiterklo. „Nur für Mitarbeiter!" stand da fast streng und unbeugsam zu lesen, so daß ich mich eine Weile lang als Mitarbeiterin fühlte, zumal der Klobrief an der Wand auch auf die Mitarbeiter zugeschnitten schien. Mit Lust am Detail hatte jemand nachdrücklich an die Toilettenetiquette erinnert.

> **Wenn Sie ein größeres Geschäft erledigt haben,
> dann benützen Sie gegebenenfalls die Klobürste,
> und öffnen das Fenster.
> Ihre Kollegen haben ein Recht darauf, den Raum
> ohne Ekel und Würgereiz zu betreten!**

tat man einfach so, als sei der Nachfolger der Gute, und man selber der BÖSE! So zumindest würde dies wohl ein sensibler und leicht kränkbarer Mensch interpretieren?
Wie fast alle Aktionen von der Katharina dauerte auch diese etwas länger, so daß ich mir noch die Plakate anschaute: Z.B. über die sexuelle Belästigung am Arbeitsplatz.

In der Katharina knabberte etwas: Ständig muß sie sich Dinge anhören, die sie nicht hören mag:
Z.B.: „Du bräuchsch ö Kur!"
„Du häsch a Tinnitus g´hätt, und i hän g´hört, dös geht nimmi weg!"
Befremdlich findet sie auch, daß die Sabine einfach weiß, daß *ich* hier bin.
„Aber *wir* erzählen uns doch auch die ganze Zeit Klatschgeschichten!" lachte ich.

„…Stimmt!" sagte die Katharina einsichtig, und sah dabei so rührend aus.

Wir besuchten das hochmoderne und schöne Marktcafé, wo sich die Katharina gleich vergewisserte, daß die Speisen rasch geliefert würden, - binnen 15 Minuten – da sie um *ein* Uhr losunterrichten müsse. Sie bestellte sich eine große Kartoffel mit Quark, und einen kleinen Salat, der so üppig war, daß sogar für mich noch etwas übrig blieb. Ich selber bestellte mir einen warmen Zwiebelkuchen.
Selbst ihre karge Freizeit nutzte die Katharina, um mit dem Smartphon zu telefonieren.
Sie rief im Gymnasium an.
Zunächst erklärte sie der Sekretärin breit, daß sie gerne mit der Lateinlehrerin Frau Schuler schwätzö tät, und schilderte blumig, wie ihr Sohn Marius krank war, und nun im Lateinischen fünf Lektionen hinterherhinke.
Vielleicht haben es die Sekretärinnen nicht so gern, in ihrer stark komprimierten Mittagspause mit Derartigem belästigt zu werden? mutmaßte ich als zum stillen Dasitzen Verdammte.
Die Sekretärin stellte zum Lehrerzimmer durch, dort allerdings hob niemand ab.
Als wir sodann weiter aßen, erzählte ich der Katharina, wie die Frau Schuler das eigentlich nicht so schätzt, sich Derartiges in der Mittagspause

anhören zu müssen. Sie habe sich vorgenommen, Privates und Berufliches strikt zu trennen. *Aber Katharinas Geschichte bannt sie nun doch. „Ich habe nämlich Probleme mit meinem Freund Antonio…" erzählt die Katharina bereits in der ersten Kennenlernungsminute verschwörerisch von Frau zu Frau.*
„Wenn Sie wollöt, verabreden wir uns im Caféhaus, und da erzählen Sie es mir bitte ganz genau!" hört sich Frau Schuler, ihren Prinzipien diametral entgegenlaufend, sagen.

Nachdem sich die Katharina zum Unterrichten verzupft hatte, schleppte ich drei Illustrierte herbei, um mich hinein zu vertiefen.
In meiner Sichtlinie saßen zwei Damen – wahrscheinlich Mutter & Tochter – mit einem zirka 3-jährigen Pimpf, den ich allerdings nicht süß fand, auch wenn er auf Geheisch der Damen die Bedienerin artig frug, ob er ein Pinocchio-Eis bekommen dürfe?
„Ja, gerne!" sagte die Bedienerin freundlich.
„Da siehsch du, daß man fast alles bekommt, wenn man freundlich frägt!" sagte die solargebräunte, knittrig gedörrte und hagere Omi und lachte: „..Fascht!"
Aus einem Augenwinkel beobachtete ich die kleine Familie und studierte dazu die Themen in der „Bunten": Helmut Kohl: wie er jetzt lebt.
Er sitzt im Rollstuhl, und seine böse Frau Maike schirmt ihn von den Söhnen ab.

Ferner sah man Veronica Ferres bei ihrer Eheschließung mit „dem Gierigen" (wie ihn der *Stern* einst inmitten einer kleinen Herde mehrerer Gieriger auf dem Titelblatt bezeichnet und abgebildet hat.
„Die Gierigen".)
Einem Beau mit einem seltsamen Zug in seinem mild wirkenden Gesicht.
Die Eheschließung sei äußerst pompös verlaufen, und man ließ „die Korken knallen", statt ein Konto für einen Armen zu eröffnen, der das alles viel nötiger gehabt hätte, als all die Milliardäre mit ihrem lachhaften Protz und Prunk.
Papst Franziskus hätte dererlei nicht gutgeheißen.

Vor der städtischen Musikschule.
Gekrümmt dichtete ich auf einer Bank, die um einen Baum herumgeschlungen war. Doch bevor ich noch zuende gedichtet hab, rief mir die Katharina aus dem Unterrichtsvollzugsfenster zu, daß sie so müd sei.
Ob ich ihr einen Cappucchino aus der Spelunke vorn an der Kreuzung holen könne?
Dort wurde Dart gespielt, und ich war gepackt, wie toll die drei jungen Herren Dart spielten, während die Wirtin den Cappuccino zubereitete, und sogar richtig ahnte, für wen der wohl gedacht sei?
Für die Geigerin mit dem goldenen Haar?

Die Bild-Zeitung hatte sich das Thema „Ebola"
gegriffen, und versuchte lustvoll Panik zu schüren.

Nun stürmte ich mit dem heißen Cappuccino den
Unterrichtsraum, wo die mit klobigen Kopfhörern
bestülpte Katharina einem hornbebrillten jungen
Mädle eine Lektion im Vivaldi-Spiel erteilte: Es
klang grauenhaft, und grad wie einst der Herr von
Wezyk, (Rehleins zweiter Violinlehrer, – der erste
war der Opa -) spielte die Katharina immer im
Duett mit, so daß es im Zusammenspiel (sauber +
unsauber) noch jämmerlicher klang.
„Bißölö sauberer!" oder „Das D tiefer" rief die
Katharina beispielsweise aus. Doch das Mädle hatte
es leider nicht auf dem Schirm, ob man den Finger
zum tiefer intonieren eher krümmt oder nicht.
Es war gar nicht so leicht, eine Lücke in dieser
Beleidigung fürs Ohr zu finden.
Ich war gekommen, mich zu verabschieden, und
fuhr bald darauf ab.

Doch auf mich wartete eine Horrorfahrt:
Schon im ersten Autobahntunnel bildete sich ein
Stau. Wie fast immer hörte ich Schlagergesänge
und ärgerte mich.
Dieser Stau löste sich zwar bald auf, doch die
Freude war nur von kurzer Dauer. Bald wurde ich
in die verkalkten Adern von Stuttgart geschoben.
Es bildete sich ein zäher Bergaufstau, Ampeln

grünten, und doch war man zum Stillstand verdammt. Es wurde dunkel...

Endlich durfte ich Veronika und Jorberg begrüßen!

Die Veronika war sehr genervt vom Jorberg, und verdrehte mehrfach die Augen.
Es gab geröstetes Bauernbrot mit salziger Butter, und man schaute auf Herrn Jorbergs schönes, altes Gesicht. Mal wetterte er gegen Fernseher und Computer, und einmal sagte er heftig in einer, wie ich fand, nicht unsympathischen Logik: „...ja eben. Wenn *ich* einen Fernseher hätte, dann würde ich ja auch dauernd schauen!"
Es wurden Trauben serviert, doch der Tee war dem Jorberg zu bitter, und die Trauben zu sauer. Aber einmal sagte er: „Stimmt! DIE war besser!" Die Uhr hinter ihm zeigte gerade eben mal acht Uhr, und man spürte doch sehr, wie ein Abend ohne Fernseher lang werden kann.

Auf dem Hügel, wo Veronika und Jorberg in trauter Zwistsamkeit zusammenleben, ist der Internetempfang leider schrecklich langsam.
Verzweifelt versuchte ich an einen Brief von der Sabine dranzukommen, um ihn zu beantworten, denn mit der Sabine hatte ich für den 1. November ein gemeinsames Konzert geplant, und Sabines vermeintliche Säuernis saß mir im Nacken.

Die Sabine in mir fühlte sich von mir selber solcherart verarscht, als würde ich das alles gar nicht ernst nehmen?

Zuweilen erinnert mich die Ausstrahlung von der Veronika an Omi Mobbl. Z.B., als sie mir beim Googeln behilflich war, und oftmals etwas falsches andrückte.

Schon oben bei Tisch hatte man Veronikas nervöse Anspannung gefühlt, und dabei wünschte ich ein wenig, ich wäre sie! Bloß die Einstellung müßte dann die Meine sein, denn dann würde der Bluthochdruck von ihr abfallen?

Meine Einstellung in Veronikas Hülle, die, zumindest für die alterstrüben Augen eines Herr Jornberg, auch mit 69 Jahren noch immer ausschaut wie eine knusprige 28-jährige.

Leider schwirrten Stechmücken herum, die bis über die Schmerzgrenze hinaus stachen, so daß man, - von einem respektlosen kleinen Lebewesen attackiert, - ganz irritiert war.

Ich erzählte der Veronika vom Marius, dem potenziellen Amoklauf, und was ich so lese: Joy Fielding: „Ich will Ihren Mann".

Dann erzählte ich von der Sabine und ihrem Mann, für den sie von allen beneidet wird. Ein sehr nett ausschauender, geist- und humorvoller Herr.

Sohn eines begnadeten Karikaturisten, ← der leider schon gestorben ist.
Er schaut aus wie der König im Film „Drei Nüsse für Aschenbrödel".
Und dann gab´s plötzlich einen Horrorregen! Mit einem Schirm behaftet schaute ich noch schnell nach, ob meine Autofenster wohl wirklich geschlossen waren, und wurde dabei dermaßen beprasselt, daß es wirklich kaum zu fassen war.

Donnerstag, 16. Oktober
Manolzweiler – Stuttgart

Vorwiegend kalter und spitzer,
fast stechender Sprühregen.
Ein Wetter wie beispielsweise auf der Insel
Baltrum, wenn die Urläuber im Sommer
mit der Regenhaut Wind und Wetter trotzen

Ich schlief einfach fantastisch, doch hernach mußte man sich in den „Tag nach dem großen Regen" erheben, in welchen man sich vielleicht nicht so gern hinein erhebt, da man lieber im Vergessen und Verdämmern verharrt wäre?

Im Hause war es still. Doch dann zeigte sich die Veronika. Man freute sich an ihrem verschmitzten, und gleichzeitig leicht verschämten Lächeln.

„VERONIKA!!"
tönte es donnernd und fast schroff von oben herab.
Ein Ausruf, der die Veronika so allmählich bis ins Mark erschaudern läßt, da sie pro Tag gefühlte dreihundertmal schroff und herrisch mit ihrem eigenen Namen regelrecht be*schmettert* wird.

Die Veronika erzählte mir, daß sie hierzudorfe nur als Anhängsel vom angesehenen Herrn Jorberg wahrgenommen wird.
Wir griffen uns die Milchkanne, um Milch holen zu gehen, doch es handelte sich nur um einen ganz kurzen Fußmarsch, - kaum war man losgelaufen, da war man auch schon angekommen, und vor dem Bauernhof tratschten zwei ältere Damen auf Eingeborenenschwäbisch, und ich als Fremde fühlte mich als Solche schief beobachtet und wahrgenommen.
Diese Damen nun frug ich nach der Milch für Herrn Jorberg.
Ob ich die Enkelin sei?
Leider nein! Meine Opas sind beide bereits verstorben, bedauerte ich zutiefst, während ich mich erinnerte, daß der Opa doch ganz hier in der

Nähe, in Schorndorf geboren und aufgewachsen ist.

Wir brachten die euterwarme Milch in der verbeulten grauen Blechkanne nach Hause.

„Was soll ich mit so viel Milch?" hörte ich Herrn Jorberg oben grämlich sagen.

Kleine, kaum zu benennende Partikel in Veronikas Gebaren erinnerten mich an Omi-Mobbl.

Jetzt hatte sie sich nützlich machen wollen, und sich zu viel und gleichzeitig zu wenig dabei gedacht.

Der Jorberg hatte das Tischlein-deck-dich so nett für uns gedeckt, doch mit dem Kaffee gab´s Probleme. Der Stösel ließ sich einfach nicht in die Tiefe drücken. Dann gab sich der Jorberg Mühe, versuchte es mit Gewalt, und dann spritzte es, und die Veronika krisch auf.

„Schrei doch nicht immer so markerschütternd!" schnauzte der Jorberg.

„Das schreit aus einem heraus. Dies passiert meiner Mutter zuweilen auch!" versuchte ich auf sonnige Weise gut Wetter zu schüren.

Der Jorberg sprach das Frühstücksgebet und erzählte daran anschmiegend, daß Facebook und Apple ihren weiblichen Angestellten ein Eizelleneinfrieren zahlen würden, damit sie eine Schwangerschaft zu einem für sie günstigeren

Zeitpunkt absitzen, oder gegebenenfalls auch eine Leihmutter beschäftigen könnten.

Ich lachte ein bißchen, weil ich das so amüsierlich fand, doch der Jorberg findet Entwicklungen dieser Art grauslich, so daß ich das unreife Lachen gleich zu Loslachsbeginn wieder abschaltete.

Die Veronika wollte nicht allzu duldsam immer bloß „Ja & Amen" zu den veralteten Ansichten des alten Despoten sagen. Wichtig sei doch der Zeitpunkt der Geburt, und nicht jener der Erzeugung, meinte sie etwas unlogisch, und doch „zum Nachdenken animierend", und der Jorberg findet, daß die Konstellation der Gestirne so überaus wichtig für Zeugung und Geburt seien.

(„Jetzt redet er aber einen anthroposophischen Quatsch mit Sahne!")←denkt da der ein oder andere unter uns, und wahrscheinlich dachte ja auch die Veronika, daß ich so dächt´?

Doch ich dachte nicht so. Ich dachte nur, daß die Veronika dächt, ich dächt´s.

Dem Jorberg gefiel der Ausdruck auf Veronikas Gesicht nicht.

„Warum verleugnest du dich?" wurde er leicht aufbrausend, grad so, als habe er den Tag mit dem linken Fuß betreten. „Du bist doch Antroposophin durch & durch! Ich denk, wir sind da <u>einer</u> Meinung?! **Nie** würdest du den Königs gegenüber die Antroposophie vertreten!"

„Nein", lachte die Veronika zustimmend und rührend verschämt.

Ich lobte die schönen Eier und auch den Kaffee, nachdem man ihn zur Hälfte mit Wasser aufgefüllt hatte.

Einmal lief die Veronika in ihr Zimmer, um die schönen Visitenkarten herbei zu holen, die ihr der Jorberg geschenkt hat, und über die man wirklich froh und dankbar sein darf, da die Veronika oftmals so schüchtern ist, und ihr Licht einfach unter den Scheffel zu stellen pflegt.

Und als die Veronika somit kurz weg war, erzählte mir der Jorberg, daß ich nur *eine* Veronika kenne, und diese Veronika sei geradezu kindlich, lachhaft schüchtern, und die andere Veronika sei einfach frech und unverschämt! sagte er, und ein entgeistert-belustigter Hauch wehte über das schöne und feingeistige Altherrengesicht.

Ich erfuhr, daß sein Sohn Johannes ein schrecklicher Morgenmuffel sei. Bis um etwa zwölf Uhr Mittags sei er absolut ungenießbar.

Dann erfuhr ich, daß Herr Rösch, der Primarius in jenem Streichquartett, in welchem die Veronika allwöchentlich mitbratschte, das Streichquartett so schmählich im Stich gelassen hatte.

Er schützte gesundheitliche Gründe vor, dann aber verwickelte er sich in Widersprüche, und meinte, er würde jetzt eher zur Bratsche tendieren.

Die Cellistin, die die Verantwortung für das Quartett trug, mußte sich händeringend um einen neuen Geiger bemühen, und als sie endlich einen aufgestöbert hatte, meinte dieser, daß er nur käme, wenn er seine bratschespielende Lebensgefährtin mitbringen dürfe, und da flog somit auch die Veronika aus dem Quartett.
Und zu all diesen unschönen Geschichten schaute man in den Sprühregen hinaus.

Am Vormittag spielten wir dem alten Herrn ein ganzes Duo von Leclair vor. Der Jorberg wurde fröhlich und rief: „Veronika! Du brauchst dich *kein bißchen* zu verstecken!"
Angestachelt durch die gute Laune des alten Herrn spielten wir Bach-Präludien, bearbeitet von einem fleißigen „Herrn Pfrömer", und ich erfuhr, daß Buz im Sommer über eine leichte Muse zum Jorberg gesagt habe, *dies* wäre doch wohl etwas für *ihn* gewesen?
Doch der Jorberg findet es befremdlich, als Laie in die seichte Ecke gedrängt zu werden, wo er doch am ergriffensten vom Bach-Hören sei, und seinerzeit doch in der h-moll Messe mitgesungen habe!
Dann retirierte er sich bis zum Gongschlag zum kochen.

Schließlich gongte es, und wer hätte jetzt gedacht, daß der Jorberg derart köstlich zu kochen versteht? Es gab Bratkartoffeln und Kastanien mit Lauch.
Eine Speise, die sich auf dem Papier simpel ausnehmen mag – doch fragt nicht, wie die schmeckte! Einfach köstlich!
Ich erzählte von Katharinas Anzeige im Schwarzwälder Boten, und daß es 3900€ koste, einen gescheiten, maßgeschneiderten Mann aus der Zeitung herauszudestillieren.
Doch der Veronika gefallen diese Themen nicht.

Leider endete diese gemeinsame Mahlzeit unschön.
Die Veronika sagte, daß sie heut eigentlich gern zuhause geblieben wäre, doch mit einem derartigen Miesepeter möchte sie jetzt nicht den Nachmittag verbringen.
Und diesen schmähenden und kränkenden Satz mußte sie nun seniorenbedingt auch nochmals wiederholen.
„Dann werde ich dich jetzt gleich von meiner Anwesenheit befreien!" sagte der Jorberg voll Schärfe und Bitternis. Er erhob sich in einem Schwapp, um sich sauer in seine Schlafstube zu begegben, und nachdem er die Türe geschlossen hatte, hörte man auch noch, wie sich aus seinem welken Po ein Furz mit der Detonationskraft einer Kanonenkugel löste.

Wir saßen zu dichtem Sprühregen in der unteren Stube, ich trank eine Lorke, und die Veronika war nun fest entschlossen, die Tante Annemirl* im Altersheim zu besuchen.
*Halbschwester ihres verstorbenen Vaters.

Ich erzählte ein bißchen, wie die Verwandten so sind, kam aber nur bis zu dem Punkt, daß Rainer und Bea nie etwas Schlechtes gegen ihren Ehepartner sagen, und der Welt gern ein heiles Wagner-Pizza-Idyll vorspielen.

Wie es schien, hab ich die Nabelschnur von meinem Händi bei der Katharina vergessen, und jene von der elektrischen Zahnbürste bei der Hilde, und während die Zahnbürste gestern abend ganz verlosch, so ist im Händi noch ein kleines bißele Saft, und wenn dieser Saft ganz versiegt ist, so reißt meine Nabelschnur zum Rest der Welt jäh – dachte ich, doch Pustekuchen! Im Auto fand sich das Kabel nämlich doch.
(So ein langer und verschlungener Absatz mit einer Banalität! – Kann der weg?)

Leider muß sich die Veronika vor jedem Hausverlassen einem nervtötenden Hin und Her an Argumenten und Bedenkungsanregungen aussetzen, da der Jorberg immer zu erahnen glaubt, was sich hinter dem „Besuch im Altersheim" wohl

wirklich verbirgt? – Natürlich, da trifft sie sich wieder mit ihrem Mohren auf der Post!
Welche S-Bahn, und wann?? Auto, wo? Kommt die Franziska wieder, und wenn ja, wann?
„Wir wollten doch noch einen Vortrag besuchen??" erinnerte er schließlich.
„Bis dahin bin ich doch längst wieder da!"

Schließlich fuhren Veronika und ich nach Stuttgart, doch ich bereue es leicht, denn wieder stand man im zähesten Stadtverkehr, und hinzu erfuhr ich nun, daß sich das Altenheim oben an einer ganz steilen Straße befände, und meine Handbremse ächzt und quietscht, wenn man im bergaufschüssigen Stadtstau steht. Mein Auto droht rückwärts in die Tiefe zu rutschen, und mit seinem Po das Auto hinter mir wie eine Ziehharmonika zusammenzuquetschen.

Die Veronika wollte die Tante Annemirl aus jenem Grunde besuchen, um sich vom Jorberg freizuatmen, auch wenn in ihrem Inneren bereits wieder Barmpunkte für den alten Herrn aufstiegen.
Er sei oft sehr liebevoll, und wie er sich dafür einsetze, daß die Veronika mit anderen musiziert, das sei doch wirklich rührend.
Ja das stimmt, sagte auch ich gerührt.

Abends suchte ich die Hilde in ihrer Unterrichtsstätte auf. Ein mattes Licht schimmerte durch die Vorhänge, und am Piano saß ein stumpfsinniges, blond gelocktes Mondkalb: Charlotte. Es saß bloß so da, und schaute stumpf und ohne erkennbare Regung auf uns drauf, als wir Damen einander freundlich begrüßten.

Hildes Schwester Hedi sei mit ihrer Tochter Binta angereist, und die Damen befänden sich im Hause, so erfuhr ich, und so ging auch ich nach Hause und begrüßte mich freudig mit der Hedi.

Mir wurde ein wirklich köstlicher Pfefferminztee serviert.

Ich erfuhr, daß die Hedi fünf Jahre lang an ihrer Scheidung herumgestottert habe – aber ja, es stimme: Auf der Beerdigung ihres Vaters sei der Mars, ihr Ex aus Afrika, wirklich äußerst pietätvoll gewesen. Und auch wenn die Hedi damals, vor drei Jahren, bereits zwei Jahre lang an ihrer Scheidung herumgestottert hat, und dabei ein Vermögen verloren hatte, schmiegte sie sich in ihrem Schmerze schutz- und trostsuchend an den Mars, der zu diesem traurigen Anlaß einen Ausdruck auf dem Gesichte trug wie ein Gesandter des jüngsten Gerichts, und hinzu in einem feinen Anzug stak, den er sich extra für die Beerdigung gekauft, und sich dabei nicht hat lumpen lassen.

Jetzt lebt er in Karlsruhe, und hat eine neue Frau.

Abends saßen wir drei Damen im Café-Lässing. Sonst sprechen wir ja immer über Buz, doch nun richtete sich das Fokussierungsglas des „Reif"-Frauen-Gegackers auf die Kinder: Daß das Alyalein schon so reif aussähe, und das Yüsslein eine Laufbahn als Verkäufer im Schuhgeschäft eingeschlagen habe. (Man lachte.)

Die Hedi schwärmte von ihrem Osteopathen, der wieder einen neuen Menschen aus ihr gemacht hat, nachdem sie sich immer gefühlt habe, als sei sie zweigeteilt. Doch der Osteopath ist über 70, so daß die Hedi drum bangt, er könne sein Wissen bald mit ins Grab nehmen. Er sei ein Neffe der verstorbenen Geigerin Ginette Neveu, und heißt demgemäß „Neveu".

Freitag, 17. Oktober
Stuttgart – Manolzweiler

Trübe.
Bleistiftsgrau besudelt und verquollen.
Zuweilen freigelegte Himmelsoasen in der Tönung
müder mattblauer Augen.
Dazwischen graues Gewölk

Im Traume konzertierte ich mit einer reifen Organistin. Einer strengen Dame mit silbernen Röllchen auf dem Kopf

und einem Zwicker auf der Nas, und dieses Konzert in einem gülden prunkvollen Kirchenschiff vor einem leblos wirkenden Publikum mißriet auf eine Weise, die einfach nicht zu fassen war!
Den ersten Satz von Händels A-Dur Sonate konnte man ja noch irgendwie stehen lassen, doch ab dem zweiten lief alles drunter und drüber, und im vierten Satz spielten wir gar gänzlich verschiedene Werke in A-Dur, die überhaupt nicht übereinander passen wollten! Beim Spielen drehte ich dem Publikum einfach den Rücken zu, und linste in die Noten der Organistin hinein, (dies träumte ich wohl aus jenem Grunde, weil ich gestern mit der Veronika Bach-Präludien vom Blatt gespielt hab), *doch fast alles ging schief.*
Dabei hatten die Eintrittskarten 20 € gekostet!
Und so lasteten all meine Wiedergutmachungsbestrebungen auf dem glanzvollen Werk von Rheinberger, das allerdings erst nach einer ganzen Weile, gegen Ende des Konzerts, gespielt werden sollte, doch bevor es so weit war, schellte der Wecker.

Rehlein hatte geschrieben.
U.a. schrieb Rehlein, daß sie wegen ihren lastenden Gedanken, wie es mit uns und unserem Festival wohl weitergehen solle, nachts zuweilen nicht schlafen könne.

Wieder googelte ich den jüngst verstorbenen Herrn Reimer herbei, und blickte alsbald auf die Parte drauf:
Mit würstelartig nach Außen gebogenen Unterbeinen, und einer windgeblähten Windjacke von hinten gesehen, steht er ergriffen auf einem Fels am tosenden Meeresbecken.
Ich bilde mir ein, dieses Bild sei im Jahre 1990 im Urlaub in Dänemark entstanden, während ich selber in seinem Kopf herumspukte.
Unter der Schädelkalotte eines Herrn war ich somit schon mal in Dänemark! brüstete ich mich innerlich vor mir selber.

Dann wendete ich mich aber wieder dem Familiengeschehen zu, und half dabei, das Frühstück aufzutragen.

Ich fand, daß die Hilde in der Aura ihrer Schwester eine andere Ausstrahlung bekam. Mit einem Schlage wirkte sie sehr viel reifer, so als wären über Nacht drei Jahre verstrichen.
Einmal war ihr heiß, und die Hedi meinte: „Das war womöglich die erste Hitzewallung!"
Der Verdörrungsprozess des Alters scheint eingesetzt zu haben – und dies von einer Sekunde auf die andere?
„Bestimmt!" sagte die Hilde in realistischer Rustikalität, da das Alter ja durchaus auch An-

nehmlichkeiten birgt. Z.B., daß man am Horizont nun so allmählich die von Udo Jürgens besungene Ziellinie schimmern sieht.

Das Leben von der Hilde war heut, wie meist, nicht schön: Man mußte sich über die AOK erbosen, welche die Spritze für die beiden Inlays nicht übernehmen will. Zwar hatte die Hilde in weiser Voraussicht auf voraussichtlich schwere Zeiten eine Zahnzusatzversicherung abgeschlossen, doch in Versicherungslogik zahlt die nur, wenn die AOK auch zahlt.
Ferner hat die Hilde einen neuen Sachbearbeiter im Finanzamt zugewiesen bekommen, der alle Posten genauestens aufgestellt haben möchte. Stöhnend breitete sie die Papiere auf dem Tische aus.
Im Hintergrund zofften sich Binta und Hedi ganz enthemmt. Die Hilde meinte jedoch, dies sei nur eine ganz normale Alltagsunterhaltung zwischen den Damen.

Auf dem Wege nach Manolzweiler fuhr ich erstmal nach Esslingen. Jener Stadt, die bekannt dafür ist, daß man dort nie einen Parkplatz findet. Ich fand jedoch einen direkt vor dem Rathaus, bloß, daß man in Esslingen mit dem Gelde einerseits sehr kleinlich, andererseits jedoch auch äußerst großzügig ist: 1€ Parkgebühr pro Stunde, und hinzu beträgt die Höchstparkdauer auch nur eine

Stunde, so daß „die Gäscht" gar nicht mit Muße ins Stadtgeschehen eintauchen können.

Auf den ersten Blick ein hübsches Städtchen – leider in trüber Wetterlage, - und doch dauert es weniger als eine Stunde, bis sich diese Stadt, die durch einen vereinzelten Einwohner (Herrn Bloser) von erhöhtem Interesse für mich ist, bereits abzunützen beginnt.

Wehmütig dachte ich an die Esslinger-Oma*, während ich durch die Gassen promenierte.

*meine Urgroßmutter, die ich um 2 ½ Jahre knapp verpasst habe († 1960)

Ich verließ das Städtchen alsbald, und suchte ein Einkaufszentrum, wo ich u.a. Lindorkugeln für den Jorberg zu kaufen gedachte.

Auf dieser Suche steuerte ich einen glanzlosen kleinen Ort mit einer scheußlich anzusehenden stillgelegten kleinen „Stadtbücherei" an.

Ich frug eine Seniorin, die des Weges kam, nach einem eventuellen Supermarkt, doch es gäbe lediglich einen schlichten Lebensmittelladen, und da sich die Seniorin soeben auf dem Wege dorthin befand, lud sie mich ein, ein kleines Teilstück ihres Lebenspfades im Duett abzuwackeln.

Die gemeinsame Wegstrecke schien kurz, wollte jedoch mit klugen Worten ausgepolstert sein, die sich allerdings auf die Kürze nur mit Müh herbeistochern ließen.

Für Großeinkäufe führe man ins benachbarte Esslingen, erfuhr ich.

„Sind Sie von hier?" frug die alte Dame.

Eine törichte Frage, deren Torhaftigkeitsgrad sich, wie bei so manch anderer Frage, erst entfaltet, wenn sie gefallen ist.

Im Lebensmittelladen.

Ein letztes Mal noch sollte ich auf die Hinterseite der alten Dame draufschauen, die mir so nett den Weg gewiesen hatte – in einem Ort, dessen Namen mir mittlerweile entfallen ist.

Wegen dem Bahnstreik wurde Veronikas für morgen geplante Reise nach Pforzheim vereitelt, und so „muß" die Veronika ja nun doch auf den Geburtstag von der Marianne in Schwäbisch Gmünd. (Der Schwiemu von Jorbergs Sohn Thomas – jenem, der leider keine Geigenklänge erträgt.)

Bei der Marianne handelt es sich um eine betagte Dame, die ähnelnd Julchens Omi Annemarie ständig Geburtstag zu haben scheint, so daß man sich nicht wundern darf, daß sie infolge dieser ständigen Geburtstage mittlerweile steinalt ist.

Zur Kaffeestunde wurden die köstlichen „Rahmbrezeln" gereicht, die es nur in Pforzheim gibt, und der Jorberg sprach vom gestrigen Vortrag, der ihn sehr begeistert habe.

Eine Begeisterung, die die Veronika offenbar nicht teilen konnte, denn sie spitzte ihren Mund zu einem mit skeptischem Ausdruck umgebenen kleinen Türmchen zurecht.

Der Vortragende habe davon gesprochen, daß weder in Filmen, noch auf CDs die Wahrheit zu finden sei, und nun ereiferte sich der Jorberg darüber, daß der Gesang von Peter Schreier einst einfach in die h-moll Messe hineingeschnitten wurde, so daß das, was dem Hörer geboten wird, somit nicht die Wahrheit sei.

Nach einer Weile brachen wir zu einem Spaziergang auf. Der Jorberg lief am Stock, und zunächst brachten wir gemeinsam einen Eierbehälter zum Bauernhof, auf daß er befüllt werde.

Die Eier brachten wir schnell noch nach Hause, und schlugen den Weg in die andere Richtung ein.

Der arme Herr Jorberg hat seit seinem 15. Lebensjahr keine Eltern mehr, so daß er in jungen Jahren niemanden um Rat bei der Aufzucht seiner Kinder bitten konnte, und auch keine „ungebetenen" Ratschläge bekam, die im Nachhinein so wertvoll gewesen wären.

Wir liefen am Gasthof „Hirschen" vorbei, und man sprach davon, daß man bald mal wieder in den

„Hirschen" gehen sollte – allerdings erinnerte sich der Jorberg, daß das Vegetarische dort mißerablig gewesen sei. Doch die Veronika war auch einmal dort, und fand das Vegetarische ganz hervorragend.

Während der Jorberg auf diesen allvormittäglichen gemeinsamen Spaziergängen eine seniorenkonforme Abkürzung zu nutzen pflegt, und auch heut nicht von dieser Gewohnheit abrücken mochte, liefen Veronika und ich den abkürzungsumschlingenden Waldweg entlang, wo wir von einer Stelle aus auf den promenierenden Jorberg mit seinem Spazierstock von hinten draufblickten. .

Es sah bewegend aus, wie auf einer Traueranzeige, und ich bin ja inzwischen so weit, daß mich der Exitus vom Jorberg mehr schmerzen würde, als zur Stund jener von Herrn Reimer.

Die Schlinge um die Abkürzung führte ein wenig in die Tiefe, es wurde etwas morastig, und ich mopste ein paar Äpfel von den Bäumen.

Oben saß der Jorberg bereits wartend auf einer Bank am Friedhof, und daneben saß auch noch ein anderer freundlicher Herr, der sich als potenzieller Bekannter angesammelt hatte.
Normalerweise kommt der Jorberg mit seinem Spazierstock immer gleichzeitig mit der Veronika an dieser Bank an.
Doch durch mich war die Veronika langsam geworden.

Daheim war die Veronika etwas genervt, da sie nun die Marianne anrufen mußte, um ihr zu sagen, daß sie ja doch auf den Geburtag kommen „muß".
Der Jorberg hatte auf Mingesart ganz entgeistert gesagt: „Das wäre ja kooomisch, wenn du nicht kämst!!"
Doch die Veronika hasst es, stundenlang zusammen mit Ü90ern an der Geburtstagstafel abzuhängen, alles zwei- bis dreimal wiederholen zu müssen, bloß, daß es ja doch nicht verstanden, und

alsbald wieder vergessen wird. Man sitzt da, redet beispielsweise über Porsche, und lauter Themen, die die Veronika nicht interessieren, - und frisst sich voll.

Später musizierten wir, und der Jorberg setzte sich hierzu erneut aufs Sofa.
„Wenn du nicht mit dem Kopf geschüttelt hättest, so hätte niemand bemerkt, daß du da einen falschen Ton gespielt hast!" sagte er zur Veronika.
Wir spielten das Präludienheft von Pfrömer durch, und hernach Mozarts G-Dur Klaviersonate in der Fassung für Violine & Bratsche.

Der Jorberg bereitete ein pikantes Abendessen mit Danga-Wurst und Butterbroten mit Frugolapulver zu. (Köstlich!)
Man setzte sich nieder, sprach das Gebet, und unmittelbar daran anschmiegend schmähte der Jorberg als Feinschmecker und Meisterkoch die Erfindung des Teebeutels, doch die Veronika teilte diese Ansicht nicht.
Der Jorberg hat der Veronika einmal einen Heiratsantrag gemacht, als er aus dem Koma erwacht war, doch da sei er wohl nicht ganz bei Sinnen gewesen, wie er nun schmunzelnd meinte.
„Wir sind doch schon wie ein altes Ehepaar. Schlimmer kann´s doch überhaupt nicht mehr kommen!" sagte die Veronika, und der Jorberg sah

zu diesen Worten auf eine ergebene Art leicht pikiert aus.
Plötzlich gab es eine Aufregung: Vor dem Fenster die Feuerwehr.
„Oh Gott, das ist bei uns!" schrie die Veronika entsetzt. Man sah die kostümierten Feuerwehrmänner das Dach gegenüber bespritzen, und der Schreck, in meinem Auto könnten Tagebücher und Ersparnisse verkohlen, saß tief.
Doch es war nur ein Dachstuhl, der in Brand geraten war. Menschen wurden gottlob nicht verletzt – erfuhr man aufatmend.

Am Abend saß der Jorberg im Sessel und lauschte einer Radiosendung über die neue Musik in Donaueschingen, wo ein Werk in sog. „reiner Stimmung" erklang.
Auf rührende Weise hatte sich der Jorberg alles gemerkt, was der Sprecher zuvor erzählt hatte:
Das Werk hieß: „Die Braut, der Bräutigam und die Eh'" von Hans Zender. Doch der Jorberg hatte sich bei der Namensnennung aus Altersgründen leicht verhört. „Binder" nannte er den Tondichter.

Später tippte er im Nebenzimmer in harscher Geste und geräuschvoll einen Beschwerdebrief an die Telekom, die so langsam arbeite, und dafür auch noch total versalzene Rechnungen schicke!

Hernach war die Veronika noch etwas aufgebracht, da sie den üppig mahnenden Brief mit den vielen Tippfehlern noch ins Reine tippen sollte.

Als Nachtlektüre nahm ich die Jorberg-Biographie zur Hand.
Das Deckblatt war mit einer sepiagetönten Fotografie des Besungenen geschmückt.
Vor sechs Jahren, als das Foto geschossen wurde, wog Herr Jorberg zwanzig Kilo mehr als heut, und sah somit weniger gut aus.
Gespannt blätterte ich darin herum.
Kritische Zungen könnten monieren, daß das Kapitel „Veronika", - etwas gar zu unaufdringlich, geradezu beiläufig zwischen Berufliches und Geografisches geflochten, und doch von solch zentraler Bedeutung für dies Herrenleben, - auch völlig falsch ausgelegt werden könnte:
Zwei bis drei Jahre lang warf die Veronika einen dunklen Schatten auf das Eheleben der Jorbergs, erging er sich in düstren Andeutungen, die ja durchaus auch so ausgelegt werden könnten, als habe die Veronika über diesen Zeitraum hinweg ein übles Spiel mit den Eheleuten gespielt.
Doch jeder, der die mitfühlende Veronika kennt weiß, daß ihr nichts ferner liegt als dies.
Dadurch aber, daß der Johannes seinem Vater freigestellt hat, das Buch nur jenen Leuten zum

Lesen zu geben, die er für würdig hält, mag´s ja vorläufig in Ordnung sein.

<blockquote>
Samstag, 18. Oktober
Manolzweiler – Grebenstein
</blockquote>

<blockquote>
Schon zu Tagesbeginn stark gebessert.
</blockquote>
Dann wurde es richtig schön, - wie in Kalifornien!

Ich träumte von einer Synthese aus Gidon Kremer und dem Herrn Prof. Kebap, der seine Ruhezeiten in einem stillen Elefantengehege verbrachte.
„Ich mag die Elefanten, und sie mich – wie ich hoffe! – auch", erklärte er mit einem Lächeln im Gesicht dem ZDF.
Beim Blick aus dem Jorbergschen Flur in den Garten, sah ich plötzlich, wie ein neugeborener Elefant mit roten Augen den Weg entlanggetrieben wurde. Ein Anblick, der es wert schien, im Tagebuch verewigt zu werden, und noch etwas anderes Notierenswertes sah ich – hab´s allerdings leider vergessen.

Dies träumte ich wohl deshalb, weil gestern die Feuerwehr agiert hatte:

Man schaut aus dem Fenster, und es wartet ein ganz und gar unglaublicher Anblick auf einen!

Das Frühstück erwies sich als Quell des Behagens. Selbst die Dangawurst, von der ich gestern so begeistert war, hatte man mir hingestellt, und die Veronika mußte bloß mehr den Honig, und hinzu eine Kürbis-Orangenmarmelade herbeiholen.
Veronika und ich sprachen davon, daß es im Orchester gar nicht so übel sei, doch der Jorberg hat da andere Gesänge von der Veronika im Ohre.
Ich aber erinnerte an die schönen Seiten im Orchesterleben: Daß man klar abgegrenzte Arbeitszeiten hat, die auf die Sekunde pünktlich abgebrochen werden. Und dies sei nämlich nicht immer so gewesen, erinnerte ich mich mit lustvollem Schaudern an lang vergangene Zeiten, und nahm im Geiste die verstaubte Karteikarte „Buz in jungen Jahren im Orchester" zur Hand.
Buz erzählt immer gern von diesen Zeiten in seinem Leben, wobei er es, im Gegensatz zu mir, nicht sehr schätzte, daß die Probe auf die Sekunde genau beim Gongschlag endete. Wenigstens die Phrase in der man stak, hätte man doch wohl noch zuende spielen können, so Buz.
Bevor dies Gesetz in Kraft trat, war´s jedoch so:
Dem Orchester wurden geniale Fuchtler vorgesetzt, die bei ihren Proben kein Ende finden wollten. Niemand getraute sich, Einspruch zu erheben, da die donnernden Worte des Maestros immer so hochgeistig und künstlerisch schienen, daß sich Worte des „kleinen Mannes" dagegen wie

erbärmliches vokabularisches Wurzelwerk ausnehmen mußten.

Der Jorberg erinnerte sich auf rührende Weise, daß die Veronika mit dem Konzertmeister nicht klargekommen sei, und sogar der Name war ihm geläufig, - und ferner habe sie doch beständig über das unqualifizierte Gelärme der Bläser in ihrem Nacken geklagt!

-Ja, das sei das Schlimmste gewesen.

-Sie rede mal so, mal so?!?

„Aber es war doch auch mal so, und mal so!" versuchte nun wiederum ich an die Logik des alten Herrn zu appellieren.

Einmal verstand die Veronika eine Äußerung vom Jorberg geradezu diametral miß: Es ging um seine Enkelin Vera, die einst *fast* Geigerin von Beruf geworden wäre. Nach einer kurzen und schließlich abgebrochenen Banklehre begann die Waldorfschülerin ein kurzes Violinstudium, das sie sodann bald abbrach.

Jetzt kellnertse, und der Jorberg sagte dem Sinne nach, er glaube kaum, daß die Vera mit ihrem bißchen Geigenspiel einen Posten im Orchester bekommen hätte.

Doch die Veronika verstand es miß, und sagte: „Jetzt tu doch nicht so, als würde nur der Abschaum im Orchester landen!"

Wir sprachen über Versicherungen.
Etwas hilflos zählte ich die zu erwartende Rentenfülle für mich auf. Beträge, die einen Vorausdenkenden die Hände über dem Kopfe zusammenschlagen lassen könnten, doch noch saß man ja in der Wärme an einem gedeckten Tisch, und die Sorgen fühlten sich eher an wie ein Ungeheuer, das in der Ferne in einem kalten, dunklen Tümpel auf einen wartet.
Ich freute mich sehr darüber, daß der Jorberg sagte, meine Einstellung sei ihm doch wesentlich sympathischer als die jener Leute, die glauben, sich immer gegen alles versichern lassen zu müssen.
„....wie der Johannes!" rief er einmal erfreut aus.
Der Johannes ist ja nicht nur sein Sohn, sondern auch sein Biograph, und in später sonniger Zufriedenheit lenkte man nun die Rede darauf, daß man sich seit damals, als der Johannes die gewichtige Biographie verfasst hat, ja nun doch deutlich besser verstünde, als einst in jungen Jahren.
„Was nicht ausschließt, daß es auch manchmal kracht!" sagte die Veronika mit ihrem goldigen Strahlen, und ich wiederum erzählte, daß ich mich mit niemandem zoffe, da ich ja immer *dem* glaube, der zuletzt redet.
Der Johannes habe sich nur ungenügend versichert, und nun wurde er schwer krank:

Zungenkrebs. Die Operation habe 25000€ gekostet — mit 3000€ Eigenbeteiligung.

Nach einer Weile mußte der Einkauf in Angriff genommen werden, den der Küchenchef Jorberg doch wohl immer noch am liebsten selber tätigt, da er dann weiß, was er im Hause hat.
Dennoch ging er mit der Veronika die Einkaufsliste durch.
„Ananas — aber das eilt ja nicht!" hörte man ihn mit Bedacht planen, und außerdem galt´s, den Beschwerdebrief an die Telekom nicht zu vergessen.
„…den ich gestern noch abgeschrieben habe!" sagte die Veronika, und der Jorberg war ihr auch sehr dankbar, daß sie nicht gesagt hatte: „Den ich gestern noch abschreiben mußte!"
„Das lag mir auf der Zunge!" sagte die Veronika wieder mit ihrem verschmitzten Lächeln, und alsbald löste sich der Jorberg mit dem Brief von der Frühstückstafel. Ich wurde mit einer finalen Umarmung bedacht, und freute mich zudem sehr, daß sich die „Eheleute" zum Abschied busselten. Wir bewarfen uns mit froh stimmenden Herzlichkeiten.

Am Abend fand ich mich wieder daheim in Grebenstein vor.

In der Küche stand ein sagenhaft schöner neuer Wasserkocher, und auf dem Herd eine köstliche Bohnensuppe für mich – und gottlob war der Herd abgestellt! Etwas worüber den Onkel Hambum vor etwa einer ¾-Stunde plötzlich in Zweifel geraten war, so daß er mich kurz nach Melsungen angerufen hatte, um bang zu fragen, ob ich mich wohl auf dem Wege nach Grebenstein befände? Bzgl. des Herdes und seinen glühenden oder auch erkalteten(?) Platten hätten ihn Zweifel bewehrt, doch den Schröder mochte er deswegen nicht anrufen.

Endlich Feierabend!
Doch der Feierabend wurde mir ein wenig verdorben, da Rehlein dem Onkel Rainer so dramatische Dinge über Buzens Gesundheitszustand geschrieben hatte: Er dämmere im Sessel so vor sich hin, und sei nur noch auf Sparflamme vorhanden, so daß Rehlein dem Sterbenden bei jedem Vorbeilaufen ein kleines Küßchen gibt. Worte Rehleins, die Onkel Dölein in Übersee dazu bewegten, zu später Stund einen elegischen Brief über das Altern zu verfassen.
Ich schrieb Onkel Dölein nur einen Einzeiler - bebend vor juvenilem Unverstand, wenn man so will: Daß unser Papa sicher sofort wieder gesund würde, wenn Onkel Dölein endlich mal wieder zu

Besuch käme, denn die beste Medizin sei neben Musik und Hunden nachweislich die Freude!

Gerührt hat mich ein Gute-Nacht-Gruß vom Onkel Andi zu vorgerückter Stund.

Sonntag, 19. Oktober
Grebenstein – Celle

Fast immer wunderschön. Mittags schwebte ein flockiges Wolkenkonglomerat im Gleichschritt über den strahlend blauen Himmel.
Doch abends regnete es

Am Morgen galt´s, sich auf die Reise nach Celle vorzufreuen, und ich begann den Tag mit einem Haupthaareswusch.
Hernach schrieb ich Rehlein, und berichtete u.a. von den drei Punkten, die ich dem Onkel Hambum gestern geben durfte, und deren man 4000 benötige, um in den Himmel zu kommen, wie im christlichen Kalender der Firma „Tempus" zu lesen ist:
Dem würzigen, köstlichen Chili-Süppchen, das auf dem Herd auf mich gewartet hatte, und das ich nur aufzuwärmen brauchte.

Dem nagelneuen Wasserkocher (hoffentlich nur einer Treueprämie mit Jubelzuzahlung vom REWE Münster?), und den *Stern* mit einer empöööörenden Geschichte über die Knastprivilegien eines Uli Hoeneß. Und aus den vielen ööös konnte der Franzenkundler bereits herauslesen, daß mir dies Empörikum am Arsch vorbeizog, und ich mich damit nur über die Empörten lustig machte, was ja eigentlich auch leicht empörend ist?

Auch wenn die kleine Stadt Grebenstein bereits am Morgen, kurz nach meinem Erhöbnis, von einer wie gepolstert oder geplustert wirkenden schweren grauen Wolkendecke überzogen war, - jetzt schimmerte ja doch wieder der schöne, güldene Herbst durch, auf den ich mich das ganze Jahr über zu freuen pflege.
Ist er dann aber da, so fehlt mir meine Vorfreude, die ja bekanntlich die schönste aller Freuden ist.

Einmal saß ich an einem Rastplatz. Die Zeit schnurrte mir schon wieder zusammen, und ein beamtlich-humorfreier kleiner Hund in einem Auto kläffte derart erbost auf, daß ich richtig erschrocken bin.
„Das wird ein gerichtliches Nachspiel haben!" schien das Gekläffe säbelrasslerisch einfach so verkünden zu wollen.

An diesem wunderschönen goldenen Oktobertag traf ich nun zur Mittagsstund in Celle ein, und schmiegte mein Auto, wie gewohnt, an die Friedhofsmauer an.

Ich picknickte neben dem großen Bücherschrank, der da einfach in freier Natur so herumsteht, und einmal kam ein bebrillter Herr mit fettigem Haar und brachte einen Stapel Bücher über Gott.

Die räumte er etwas schlampig und lieblos ein, und fischte sich zum Dank den kostbaren dicken Band „Mein Jahrhundert" von Günther Grass heraus, wo man ja direkt ein bißchen bedauern sollte, daß man sich diesen Schatz nicht selber gegriffen hat, um ihm am Jahresende zum Ergötzen der Erwachsenen unter den Christbaum zu legen?

„„..kommt aus der selben Stadt wie ich!" murmelte der Herr solcherart, als wolle man ein Fangnetz auswerfen, um vielleicht mit einer literarisch interessierten Dame ins Gespräch zu kommen?

Er murmelte noch viel mehr, und hätte sich einmal fast von hinten auf meine Thermoskanne draufgesetzt, doch ich fand ihn lästig, und hatte hinzu das Gefühl, er müffele.

Ich telefonierte mit meinen Lieben in Aurich.
Das Julchen erzählte mir, wie weit das Pröppilein mit seinen Sprechbemühungen bereits gediehen ist, und dann bangte das Julchen in mir leicht, ob die Tante Kika vielleicht gleich eine taktlose Bemer-

kung darüber abließe, was ein anderes Kind in diesem Alter wohl alles schon gekonnt hat?
Z.B. das kleine Utelchen* einst?
*Buzens verstorbene große Schwester, die bereits mit *einem* Jahr alles sagen konnte, wenn man den Erinnerungen von Omi Ella glauben darf.

Wenig später schellte ich am Haus meiner neuen Gasteltern, den Krampes, und mir öffnete eine fröhliche Frau mit schönen weißen (echten) Zähnen, einem Sahnekrönchen auf dem Haupt, und in einer luftigen rosa Bluse steckend.
Einen Mann hatte sie auch noch, doch Ehemann Klaus ist auf den ersten Blick vielleicht eher so etwas wie ein alter Muff?

Beim Autofahren hatte ich mich so sehr an dem fröhlichen Lachen und der netten Art von Elisabeth Mann-Borgese auf einer CD erfreut, und nun konnte man sich grad weiter freuen, da die Frau so nett war, und viel lachte.
Sie schloß mir die Kirche auf, und ich erschauderte mich kurz an der Kälte, die allerdings vermutlich darauf zurückzuführen war, daß es draußen so besonders schön warm war?
Ich wollte ein wenig auf meiner Violine üben, und gelobte, gleich im Anschluß an die Übeinheit zum Tee zu kommen. Hauptsächlich wollte ich prüfen, „ob die Geige nach der langen Autofahrt über-

haupt noch einen Ton von sich gibt?" sagte ich etwas eher Ungewöhnliches, und grauste mich an folgender Vorstellung: *Man spielt auf gewohnte Weise, doch mehr als ein Knarzen ist dem Instrument nicht (mehr) zu entlocken.*
Mir gefiel es in dem schlanken hohen Haus mit seinen sahneweißen Möbeln, und bevor der Tee serviert wurde, durfte ich mich kurz in den Garten setzen, und empfand ein großes Gartenbehagen.
Ich saß auf einer gemütlichen Gartenbank in der glitzernden Sonne, es war so schön warm, und bloß eine Farbenfirma hinter der Hecke verdarb die Aussicht leicht.

Innen hatte die quirlige Hausfrau den Tisch mit ostfriesischem Geschirr gedeckt, und unter dem Kannenrüssel hatte man auf originelle bzw. innovative Weise ein pufferndes Stückchen Schaumgummi angebracht, das die Tropfen auffangen sollte, so daß sich darüber eine hitlerbärtchenartige Verfärbungsspur gebildet hatte.
Dem weitgereisten Gast aus Ostfriesland zu Ehren, gab es platte Kuchenquadrate zweierlei Art: Gebacken von der Mutti von Schwiegertochter Sandra, die gestern in der Nähe von Hannover ihren 40. Geburtstag nachgefeiert hat.
Ich befrug die Eheleute interessiert nach ihren Kindern, und der gebürtige Hannoveraner „Klaus"

scherzte in norddeutschem Humore: „Wir haben eines – alles Jungs!"

Später ließ ich mir von der lebhaften und fröhlichen Hausfrau Evelyn die Fotos an der Wand erklären: Der 45-jährige Sohn heißt „Bernd", und seine zwei kleinen Töchter, die auf einem Foto so fröhlich lachen heißen Allessia und Noelia, fünf und drei Jahre alt, und die dreijährige Noelia ist goldig! Die Allessia wiederum finde ich aus jenem Grunde weniger süß, weil sie einen Zug im Gesicht hat, den ich vielleicht nicht so mag. (Einen leicht ehrgeizig wirkenden schwäbischen Zug.)

Dann erfuhr ich, daß die beiden Mütter meiner Gasteltern je noch leben – wenn auch als Heiminsassinnen. Die Mutti vom Klaus ist bereits 101, und jene von der Evelyn 86. Letztere sei jedoch leider schon leicht dement. Vor zwei Jahren fing es ganz plötzlich mit einer leichten allgemeinen Vergesslichkeit an. Ich wurde traurig von diesen Worten.

Die 101-jährige ist geistig und körperlich –toi toi toi – noch fit, begab sich jedoch vor einem halben Jahr freiwillig ins Heim, da man in solch hohem Alter nicht mehr alleine leben sollte. Jeden Moment könne der Gevatter Tod anklopfen.

Nach dem Teegenuß bewegte ich mich zur Kirche hin, und freundete mich alsbald leicht mit der Küsterin bzw. natürlich Kjuuuusterin „Frau Graf" aus Kasachstan an, die so eine charakteristisch gelichtete Wischmoppfrisur auf dem Haupt trägt wie Frau Reimich, die Reinmachefee aus Hofgeismar, die einst in Omis Stube für Sauber- und Gemütlichkeit gesorgt hatte.

Nein, die Verwandten brauche man nicht zu vermissen, da die ja allesamt mitgekommen sind, lachte Frau Graf, über meine diesbezüglich anteilnehmende Frage.

Bald darauf lernte ich den gemütlichen Pfarrer Michael Kaspar kennen, den Ehemann von Frau Bauerle.

Ich kleidete mich um, und dann begann`s:

Ein einstündiger Gottesdienst mit musikalischen Einlagen.

In der Predigt ging es um den Herbst als solchen: Der Herbst sei zwar wunderschön, so doch stets rasch vorbei, und vor der Tristesse des Winters, und den trüben Gedanken, die sich einem aufdrängen, fürchten sich leider viele von uns.

Ein Orgelwerk, vom hauseigenen Orgler niedergefingert, klang so sackfalsch, daß es kaum zu glauben war.

Die Frau des emsigen Kollektenzählers in der Sakristei geleitete mich mit ihrem Schirm zum Auto.

Montag, 20. Oktober 2014
Celle - Grebenstein

Bleistiftsgrau, trübe und verquollen, auch wenn zur
Mittagsstund kurzfristig ein gequältes
Sonnenlächeln auf die gänzlich verpfützte, und in
dieser Wetterkonstellation ja doch sehr
niedersächsisch torfig wirkende Stadt herabschien

Der verstorbene Herr Reimer hatte sich in meine
Träume gestohlen:
*Die Reimers wohnten in einem alten Stadtturm wie in
Grebenstein – frisch renoviert.*
*Julchen und ich fuhren spontan hin, um die frischgebackene
Wittib Frau Reimer zu besuchen. Allerdings sahen wir bloß
die Türe zu ihrem Zimmer, aus der soeben eine Studentin
mit einer Ziehharmonika heraustrat, die sie sich offensichtlich
bestellt hatte, um mit Tröstungsgesängen beschallt
zu werden.*
*An der Wand im kreisrunden Flur hingen alte Fotos, die
der Rundung der Wand geschuldet, in der Mitte je etwas
ausgebuchtelt waren, als wollten sie sich dem Betrachter in
verformter Form entgegenbäumen:*
*Man schaute beispielsweise auf eine kleine Gruppe Kinder
drauf: Herr Reimer als Kind: Ein Hänfling mit
stechendem Blick und langen Zähnen, und Frau Reimer,
ein niedliches, etwas rundliches und sehr zufrieden wirkendes
Kind mit einer großen weißen Schleife auf dem Haupt – und
dieses Foto, dem zu entnehmen war, daß sich die Reimers,*

wie einst Loki und Helmut Schmidt, bereits als Kinder gekannt hatten, schaute ich mir nun zusammen mit dem Julchen im Duett an.

Schließlich erhob ich mich, da vereinbart worden war, um halb neun zu frühstücken, und außerdem galt´s, diesen Traum niederzuschreiben, solange er frisch war.

Noch von dem soeben geträumten Traume erfüllt, bestieg ich nun das Duschhäusl, dem die Schiebetüre fehlte, so daß ich Obacht geben mußte, mich beim Duschvergnügen angemessen zu zügeln.

Alles war so liebevoll auf die Enkelchen abgestimmt, - bis hin zu einem lustigen Froschstöpsel.

Unten hatte Mutti Evelyn bereits den Tisch gedeckt, und der Klaus war buzesgleich zum Brötchenholen entsandt worden.

Auf dem Frühstückstisch stand eine Kerze mit der schlichten Aufschrift DANKE, und wenn man die Kerze umdrehte, stand dann auch noch ein „von ganzem Herzen" zu lesen. Der schlichte Dank wird somit etwas übertrieben intensiviert, und dieses kleine Tinnef-Geschenk stammt von Carola Bauerle, der Pfarrerin, einer sog. Grete-Dampf-in-allen-Gassen, die schon so manch einmal etwas durcheinandergewirbelt habe! Sei´s die Uhrzeit vom Lach-Yoga, und vom Konzert im Gemeindebrief. Oder auch wichtige Daten, wie Frau Krampe

nicht müde wurde, mit lachendem Gesicht Erheiterndes aus der Anekdötchentruhe zu fischen. Man strebt ins Konzert, und stattdessen steht „Lach-Yoga" auf der Agenda. Dann will man zum Lach-Yoga, und bekommt stattdessen ein Konzert serviert!
Daß der Geistliche, Herr Kaspar seine Frau einfach alleine nach Leipzig reisen lässt? wunderte ich mich, weil ich doch jetzt den Jorberg gewöhnt bin, der Alleingänge dieser Art wohl kaum dulden würde?
„*Ich* fahre Dich hin!"
Aber was soll´s?
Frau Krampe lässt ihren Klaus ja auch alleine Brötchen holen, und als der Klaus wenig später zur Tür hereintrat, bewarf ich ihn gleich mit einem Kompliment: „Der fleiß´ge Brötchenholer!" das er allerdings vermutlich akkustisch nicht verstanden hatte, da er mich wenig später auf eine Weise begrüßte, als sähe er mich zum ersten Male am Tage. Auf ihn, der leider nicht mehr jung ist, (so etwa 77 +-3 Jahre?) mag´s somit so gewirkt haben, als hätten wir Damen uns in unserem Geschnatter von ihm als altem Schlurf, der grad eben mal noch zum Brötchenholen taugt, nicht stören lassen.
Der Klaus ist immer sehr aufmerksam, auch wenn ich mir gestern bereits gedacht hatte, es *könnte* sich um einen geheimnisvollen Würger handeln, deren in Deutschland Schätzungen zufolge, etwa zehn unauffällig unter uns leben. Doch dies denke ich ja

mittlerweile bei praktisch jedem, denn das Hauptmerkmal eines Serienmörders sei ja seine Unauffälligkeit im Alltag.

Er hält ein Auge drauf, daß man nicht auf dem Trockenen sitzt, und einmal stand er auf Kellnerart mit der Kaffeekanne herum, während ich schnell den letzten Schluck hinabstürzte, um die Tasse für Nachschub zu leeren.

Die Rede wurde auf Frau Krampes Schwester in Braunschweig gelenkt: Eine Dame, die auch Violine (oder Geige?) spielt, (das interessierte Ehepaar: „Was ist da der Unterschied?") – allerdings eher einstimmig, während ich ja eher mehrstimmig spiele, wie man sich nun einig war.

Diese Dame ließ sich scheiden.

Da sie sich hernach aber sehr einsam fühlte, suchte sie sich einen Neuen per Anzeige, und dieser Neue schien auf den ersten Blick steinreich.

Er habe ein Haus in Florida, und eines in der Schweiz. Doch damit schien der letzte Groschen aufgebraucht, und so borgte er sich von seinem Bruder und seiner Tante 100 000 € zusammen, und die sahen ihr Geld nie wieder, dieweil er nämlich in der Zwischenzeit gestorben ist.

Dann wurde die Rede auf die süßen Enkelchen geschwenkt, die einen von der Wand so fröhlich anstrahlen, und wieder fand ich die kleine Noelia so entzückend.

Sie sähe aus, wie der Opa mütterlicherseits, erfuhr ich.

Omi Krampe erzählte ein kleines Amüsierlikum:

Einmal rief die kleine Noelia: „Quaak!"

„Nein, da ist doch wohl keine Ente!" tönte es begeisterungsdämpfend aus Erwachsenenkehlen. Doch dann sah man eine winzig kleine, kaum sichtbare Ente auf der Broschüre vom Dänischen Bettenlager, und die kleine Noelia hatte ja doch recht gehabt mit ihrem vorlauten Ausruf.

Nun herrschte Aufbruchstimmung, und ich war denen so gut! Ein bißchen war´s ja direkt so, als habe man Rainer und Sharyn in Kanada besucht.

Mit einer Visitenkarte für meine Sammlung bestückt, ließ ich den Eheleuten je noch eine finale Umarmung angedeihen.

Mitten in Celle bewehte mich plötzlich ein Schreck: Was ist eigentlich aus dem Sägemörder geworden? Vor 15 Jahren ermordete und zersägte er eine Dame, warf den Kopf ins Wasser, und vergrub die Leichenteile irgendwo im Walde. Dann wurde er zu 15 Jahren Knast verurteilt, die jedoch mittlerweile abgesessen sein dürften. Jetzt läuft er wieder mitten unter uns herum, und war es nicht ein gebildeter Herr, der gerne in Buchhandlungen ging und Beethoven hörte? Kein primitiver Durchschnittsmensch. Geschieden, Vater zweier Töchter, die jedes zweite Wochenende bei ihm verbrachten.

Und hatte seine alte Mutter nicht versprochen, die Miete für seine Wohnung in der Echtestraße weiter zu begleichen, hi und da die Blumen zu gießen, und überhaupt nach dem Rechten zu schauen?

Die Töchter waren damals 10 und 6 Jahre alt, und heute sindse 25 und 21, und haben ihren Vater sicher oft im Knast besucht, wo er ihnen über den Mord an der rüstigen und lebensfrohen Rentnerin Ruth B. allerlei vorfabuliert hat: Ach die! Das sei so eine ganz lose Person gewesen, die mit jedem in die Kiste hupfte, – doch als sie sich einmal selber in *seine* Wohnung einlud, ist sie ganz plötzlich einfach so, wie aus dem Nichts heraus von alleine verstorben. Und aus Angst vor ihrem eifersüchtigen Ehemann, mußte er die Leiche ja wohl irgendwie beseitigen?! Da traf es sich gut, daß in der Region die Angst vor einem unheimlichen Sägemörder wütete...

In der Buchhandlung „Thalia" las ich das Buch über den Bürgermeister Scholl weiter, der seine Frau ermordet habe, und mich in den Schilderungen immer ein bißchen an Herrn Heike erinnert.

Bei der Beerdigung seines Vaters empfand er nichts, und stand nur so rum.

Dann hatte er gemeint, sich durch seine vielen Hilfeleistungen bei seiner Mutter unentbehrlich gemacht zu haben, doch dem war nicht so, und sie zog einfach weg.

Draußen goss es.

Ich besuchte die Celler-Zeitung, und tatsächlich: Am 30.9. war eine hervorragende Rezension über mein Konzert erschienen, und an diesem Tag hauchte auch Herr Reimer sein erbärmliches Leben als Trinker und Psychotiker aus, doch dies wiederum stand nirgends zu lesen.

Als es zuende geregnet hatte, schaute ich mir die Bücher im freistehenden Bücherschrank an der Friedhofsmauer an.

Schon bald zeigte sich eine burschikose alte Dame mit einem großen Schwapp Bücher, die ausschauten als stammten sie aus Uromis Dachkammer: Stäubend vor Alter, - das Papier zu bröseligen Herbstblättern vergilbt, - und dieser Dame hielt ich die Klappe auf, wo man anonym Bücher aussetzen darf.

Nun wuppte ich die letzte Fahretappe bei schönstem Dämmer, und kaufte kurz vor Grebenstein noch in Immenhausen bei Aldi ein.

Wer hätte jetzt gedacht, daß ich hier den Schröder träfe? Mehr noch: Dem genügsam veranlagten Schröder, der sich nur eine Packung Mohrenköpfe gegönnt hatte, war eine Idee gekommen:

„Sind Sie mit dem Auto hier?"
„Ja"
„Dann würde ich mich nämlich gerne einladen!"
Ich war Feuer & Flamme, da ich in Schröders Aura immer in eine hilfswütige Hessin verwandelt werde, und räumte ganz wild am Beifahrersitz herum. Alle Bedenken, es könne sich um einen Serienmörder handeln, wurden beiseite geschoben. ← Klingt die letzte Passagen nicht ein wenig wie von einer 83-jährigen Dame verfasst, die in lakonischem Tonfall, und auf den Punkt gebracht ihre Memorien schreibt?

Gemeinsam fuhren wir vier Kilometer durch die Nacht, und nach Art eines angestochenen Fäßleins sprudelten Bahnstreikgeschichten aus dem konversatorisch ausgehungerten Herrn heraus, und als wir angekommen waren, erzählte er auch noch von einem Suizid auf den Gleisen. Alle Passagiere, so auch er, mußten den Zug verlassen, der umgeleitet wurde, und dann hat´s auch noch so stark geregnet, daß er gänzlich durchnässt worden war.

Mit dem Schröder tausche ich immer nur Höflichkeiten aus – es ist geradezu wie bei den Schauspielern bei Aktenzeichen XY, und noch nie fiel ein unhöfliches oder auch nur beiläufiges Wort zwischen uns.

Abends bockte mein Internet-Stick.
„Kein Gerät gefunden" stand da stets aufdringlich zu lesen.
Offiziell sörfe ich ab übermorgen wieder in gewohnter „Geschwindigkeit", und das teure Mega-Paket für 19,99 € erlischt womöglich kaum genützt um Mitternacht, um wieder dem gewohnt behäbigen Munkelestempo Platz zu machen?
So lang, bis einem der Kragen platzt, und man sich ein neues Mega-Paket nachkauft.

Dienstag, 21. Oktober
Grebenstein

Ein wilder Herbsttag. Mal bleistiftsgrau, dann leicht gelichtet, hi und da Sonneneinstrahlungen, abends z.T. heftiger Regen, und es kühlte leider sehr ab

Die Mailernte* über- bzw. unterbot meine allerschlimmsten Vorbefürchtungen:
*Ein selten zu lesendes Wort, wo man auf den ersten Blick zu denken geneigt ist, der Dichter habe sich leicht vertippt
Folgendes hatte ich mir ausgemalt: *Während meiner Abwesenheit haben sich 16 Mails angesammelt, und nach Abzupfen des Unkrauts verbleiben sechs Lesenswerte: Fünfmal Rehlein, und der Friedel schickt Fotos von seiner*

Tochter Maika, oder einigen Schafen? Denkste! Acht waren gekommen, zwei blieben übrig:
Von Rehlein, und ein Dürrzeiler von Christian S. – (Stöhnsmilie). Rehlein hatte Fotos geschickt, da Buzens Lieblingsschülerin Isabella zu Besuch war, und der Besuch eines jungen Menschen meinen süßesten Eltern so gut getan hatte.

Die Romanzen von Clara Schumann, die mir die Sabine per pdf geschickt hatte, ließen sich nicht mehr öffnen, so daß ich sie, bei der ja alles drunter und drüber geht, mit einer lästigen Mail behelligen mußte.

Einmal rief der süße Ming an.
"Jetzt!" denkt man froh nach Art einer alten und vergessenen Omi. *"Endlich ruft der Sohn an, weil er Heimweh nach seiner alten Mutter verspürt!"*
Ming begrüßte mich zwar mit größtem Überschwang, doch dann hieß es ja doch bloß: "Ich hab bloß eine kurze Frage".
Ming, der über seiner Steuererklärung brütete, wollte wissen, was wir am 15. November gemacht haben.
"Aber da war ich doch in San Franzisko!" rief ich lachend aus, und darf ich Auskünfte dieser Art erteilen, so fühle ich mich immer wie die Musikschulsekretärin Frau Saathoff, wenn ihr eine

geschmeidig zu beantwortende Frage über ihre Heimat Schlesien gestellt wird.

Die Wetterlage, obzwar z.Zt. tiefgrau, war mir heut den ganzen Tag sympathisch.

Ich schrieb der hübschen Nicole: Daß ich nicht wisse, ob sie aus China zurückgekehrt sei, und nach so langer Zeit überhaupt noch deutsch spräche?
Der Marius schickte mir die Leseprobe von seinem blutrünstigen Roman, und ich schrieb der Nüfti, einer alten Dame aus Jugendzeiten von Rehlein und Buz, daß ich nun in eine Gegend reisen würde, die ich nicht so mag, da mir das hölzern Schwarzwälderische nicht so recht tauge, und mir die vielen gebogenen und helmbestülpten Radler am Straßenrand mit ihren hageren Schwarzwälder Beinen auf die Nerven fallen würden.
Ferner schrieb ich meiner Freundin Nelly in Bayern einen ganz langen Brief – sogar, daß ich auf eine Beerdigung führe, schrieb ich, und für einen Psychologen wäre es vermutlich interessant, daß ich dererlei thematisiere?

Die hb. Nicole hatte mir auf meinen Brief geantwortet, und so, wie bei der Sabine z.Zt. alles drunter und drüber geht, so überschlagen sich bei der Nicole derzeit die Ereignisse.

Es schien mir grad wie in einem Roman von Joy Fielding, einer brillianten kanadischen Schriftstellerin, deren fesselnde Romane meist an jenem Punkt beginnen, kurz bevor, oder nachdem das Leben aufgehört hat, schön zu sein.

Nicoles Mutti mußte sich einer sehr schweren Operation unterziehen, wobei es unklar war, ob sie „es" schaffen würde. Man stand kurz davor mit der Beweinung anzuheben, und jetzt schaut es ja doch so aus, als dürfe man hoffen, sie würde wieder genesen?

Doch nach all der Aufregung bildet sich die Lebensfreude nur zögerlich, und hinzu sehr langsam nach.

Gegen vier Uhr brach ich zum Joggen auf, und als ich auf mein Auto zulief, da hatte sich ein riesenhafter, prächtiger Regenbogen über das ganze Panorama drübergebuckelt. Ein Zeichen von unseren Verblichenen.

Dann fuhr auch noch die Eisenbahn darunter durch, und mich packte ein wildes, begeistertes Heimatgefühl.

Die Nüfti hatte geantwortet: „Es ist hübsch, von Dir zu hören!" schrieb sie etwas fremd in der Wortwahl, und ja – an die Tante Bea erinnere sie sich auch, da man einst gemeinsam in einer Zweier-WG zusammengelebt hat.

Die Bea war damals blutjung und hatte gar nichts tantenhaftes an sich, im Gegensatz zu *ihr*, die damals liebesgrambedingt, ein ziemlicher Trauerkloß war.

Später schrieb ich der Bea ausufernd von ihrer einstigen Mitbewohnerin Nüfti: Die Nüfti habe leider keine Kinder, und bedauert dies heut sehr. Es läge daran, daß sie immer bloß sog. „One-Night-Stands" betrieb, und davon kann man ja leider nicht schwanger werden, gab ich mich weltfremd und naiv, so daß die Bea in mir bereits über mich stöhnte.

Der Nicole schrieb ich, daß ich vorhätte, auf die Beerdigung von Herrn Reimer zu gehen. Aber ich gehe nicht wegen Herrn Reimer, sondern weil ich seine Frau wiedersehen möchte, denn die hat nun niemanden mehr auf der Welt. Zwar kommen vielleicht ein paar Honoratioren aus Villingen-Schwenningen, und der ein oder andere erinnert in einer steifen Rede womöglich auch daran, was man Herrn Reimer verdanke, doch die kommen ja alle nur aus Höflichkeit, und keinesfalls aus einem inneren Erbeben heraus.

Herr Creitz, (ein tabakvergilbter amerikanischer Professor mit gelblich bleicher öliger Hautbeschaffenheit) spielt vielleicht einen Satz aus einer Suite von Bach auf seiner Bratsche, doch dies glaubt man ja eher nicht. Wahrscheinlicher ist, daß er eine Schülerin vorschiebt.

Nein, es wird still um Frau Reimer in ihrem so riesengroßen, unnatürlich großen Bauernhof auf einem Hügel am Ende der Welt an der Schweizer Grenze.

Wieder daheim versank der Tag beim Dichten in den Dämmer hinab, und als ich mich anschickte, den Supermarkt zu besuchen, begann es zu regnen, und zwar so überraschend, daß es direkt so wirkte, als würde jemand am Mittagstisch grundlos zu weinen beginnen, und könne einfach nicht mehr aufhören.
Bei Regen und Dunkelheit – ich war bereits auf dem Netto-Vorplatz angelangt, - drehte Petrus den Duschhahn auch noch etwas zackiger auf.
An der Kassenspitze erläuterte eine Dame dem teigigen Kassierer, daß sie ihren Sohn ausgesandt habe, eine Wurst zusammenzusuchen, und wenig später stand der linkische Jüngling mit der Wurst neben seiner Mutter: Eine weizenblonde Mähfrisur umspannte das Burschenhaupt, und ich schätzte den Jahrgang ab: 1999?
„Malvin" nannte ihn seine Mutti, die ihn offenbar nach ihrem Lieblingstee benannt hat? Er entfernte sich Richtung Ausgang, weil er auf Buzesart gemeint hatte, mit dem Wurstzusammensuchen sei sein Einsatz beendet, doch seine Mutti pfiff ihn wieder herbei, auf daß er ihr beim Tragen behilflich sei.

Ich fuhr auch noch zum Rewe, und inzwischen duschte es ungeheuerlich, so daß ich zur Getränkemarktstüre hastete, um mich von der, wenn auch fremden, Wärme umfassen zu lassen.
Mir fiel ein Herr mit einem Piratentuch auf dem Haupt auf, und dieser Herr sprach mich an der Tiefkühltruhe einfach an. Er duzte mich, fügte allerdings gleich hintan, daß er mich auch gerne siezen könne, wenn ich es wünsche? Dann frug er mich nach Kaffeepäds. Etwas von dem ich noch nie gehört habe, und dennoch gab ich mich interessiert, und versuchte engagiert mitzudenken.

Mittwoch, 22. Oktober
Grebenstein

Grau und trübe. Bis Mittags Sprühregen

E-mail Ausbeute am Morgen:
Dürrzeiler von Christian S., Johannes Neckermann schickte einen Link, der sich nicht öffnen ließ, und nur meine Freundin Nelly hatte mir lang und aussagekräftig geschrieben.
Betrüblicherweise war dem Schreiben zu entnehmen, daß die Nelly in eine Depression verfallen sei, die ihr von ihrer ältesten Tochter Vroni vorgelebt

wird, welche ihrerseits wiederum an Liebesgram krankt, dieweil nämlich der abtrünnige Josef, allen schönen Weissagungen zum Trotze, doch nicht in ihre warmen wogenden Brüste zurückgekehrt ist.
(Nein! In diesen Worten schrieb es die Nelly natürlich nicht. Aber so tauchte die Botschaft vor meinem geistigen Auge auf.)
Nellys fleißiger Mann Berti möchte das kleine Häuslein, in das die Vroni vielleicht ziehen wird, gern selber renovieren, so daß es nur langsam vonstatten geht, und darüber hinaus ist´s auch noch gar nicht sicher, ob die Vroni da wohl einziehen möchte, denn dann müßte sie ja alleine leben, und vor der Einsamkeit graust es der Liebeskranken. Das Familienklima ist auf +-0C° hinabgekühlt, so daß die Nelly von einer Art „Kältestarre" erfasst worden sei, die sich vielleicht mit meinem Besuch etwas aufwärmen ließe?
Heute nieselte es den ganzen Tag.
Man sah das Wirbeln der Sprühregentropfen in den Lüften, doch auf den Pfützenoberflächen selber schienen nur die wenigsten aufzuklimpern. Ein Großteil davon wurde einfach irgendwo hingepustet.
Müßiggang kühlt mich innerlich meist rasch aus, und nach kürzester Zeit flackert das Flämmchen der Tüchtigkeit in meinem Inneren nur noch schwach, und muß durch eine sinnvolle schöpferische Tätigkeit wieder angefacht werden.

Die Reise nach Schluchsee ist doch wahrscheinlich schrecklich weit, da man doch wohl die ganze Zeit nur irgendwelche Waldpfäde abfährt?
Und so kam mein Plan, Herrn Reimers Beerdigung zu besuchen, ins Wanken: Da sitzt man eilebedingt (Konzert am Abend) wie auf Kohlen, *hört sich irgendwelche langatmigen, in falschem Trübsinn gewälzte Reden Villinger Lokalpolitiker an, geflochten zwischen Lieder und Worte des Geistlichen. Und wenn ich dann, um meine Pünktlichkeit zum Konzert bestrebt, die Kirche etwas vorzeitig verlasse, quietscht das alte Portal. Augenpaare heften sich auf mich als Ziehende, begleiten mich wie lästige Saugnäpfe, und wie Nadeln bohren sich Mutmaßungen ins Fleisch, was man wohl hinter mir herdenkt: „Ob die beiden etwas miteinander hatten??!" - Bevor dann oben auf der Empore das hirschgeröhrartige Bratschenspiel eines James Creitz auftönt.*

Ich schrieb der Nelly, und erzählte in diesem Schreiben, daß es einem praktisch von der ersten Sekunde an besser gehe, wenn man sich als Depressiver aus seinem Lehnstuhl herauswuchtet, um etwas Schöpferisches zu betreiben: Z.B. seine Memorien niederzuschreiben. Doch sich auf die puddingweichen, gänzlich erlahmten Haxerln draufzuwuchten, - dies sei ja die Kunst!
Das dünne Geniesel vor dem Fenster drohte in Ge*schniesel* überzugehen.

Ein trüber trauriger Tag, wo ich bei der Edith schellen sollte, weil man nicht wüßte, was ansonsten ins Tagebuch zu schreiben wäre?
Dann joggte ich einfach spontan los, auch wenn´s zu Rasbeginn eiskalt war, und der Wind hochstürmisch pfiff. Die Vegetation bog sich flirrend im Winde, und die Blätter schauten aus, als seien sie von Monet gepinselt worden.

Als ich mich auf dem Heimweg anschickte die Edith zu besuchen, auch wenn das Haus so leblos wirkte, fand ich auf der Straße einen nassgeregneten 10€-Schein, der wie ein Blatt auf dem Asphalt lag, und von Rübezahl für mich dahingepustet schien.
Die Edith war gottlob daheim, und ich wurde in die Küche gebeten.
Durch das Küchenfenster bestaunten wir das Haus der Zeugen Jehovas neben dem Meinigen:
Mutter & Sohn, die dort leben, hatten sich mit so großem Fleiß und Eifer in die Renovierung gekniet, daß das Haus plötzlich, so quasi über Nacht, viel hübscher ausschaut als früher. Im Harzer Stil, und hinzu mit einem großen Balkon, auf dem man einen noch unausgepackten Sonnenschirm aufgestellt hatte.
Da die Edith leicht drübedröselig veranlagt ist, und fast alles unwichtig und uninteressant findet – sie sagt wegwerfende Dinge wie: „Ach, davon hab ich

noch nie was gehalten!" - findet man nur selten auf einen gemeinsamen Pfad. Und doch löst die Edith einen guten Plauderschwung in mir aus, und nach den Besuchen fühle ich mich besser und hinzu „Aura betankt".

Die Edith erzählt z.B. gerne, was sie gegessen hat, und somit lenkte ich die Rede auf das Buch „Die deutsche Hausfrau".

Von vielen als nicht mehr zeitgemäß belächelt, gibt es jedoch kein besseres Buch für die deutsche Hausfrau.

Ein nicht unerheblicher Teil des Buches ist gefüllt mit köstlichen Rezepten, mit denen sie IHN verwöhnen solle, wenn er nach der Arbeit müde die Füße hochlegen will... und auch Rehlein in Ofenbach greift immer wieder mit großer Freude nach dem blassblauen zerfledderten und abgegriffenen Buche, um beispielsweise ein köstliches Rezept hervorzusuchen, und etwas Leckeres zu backen, um Buz zu verwöhnen.

Auf dem Wandkalender sah man den Thomas beim Angeln auf hoher See in Norwegen, und ich frug mich, ob der Thomas wohl immer nur für den nächsten Urlaub spart?

Denn im Urlaub möchte er es krachen lassen.

Ich durfte mir in dem naßkalten Garten einen ganzen Sack mit Äpfeln füllen.

Daheim übte ich am Fenster stehend auf meiner Violine, und bekam somit den ganzen Zauber einer, wenn auch feuchttrüben Dämmerstunde mit – während ich mir beispielsweise die Grieg-Sonate in c-moll untertan zu machen suchte, weil ich der Meinung war, c-moll passe am besten zu dieser Wetterlage.

Herrn Reimers Exitus hat meinen ganzen brennenden Ärger über die Tante Bea überschwappt, so daß ich nur noch gelegentlich, und hinzu gedämpft an sie denke. Jetzt aber dachte ich doch an sie, und stellte mir vor, wie das so wäre, wenn ich das Beätchen einlüde, 23 Tage lang bei mir in Grebenstein zu wohnen? Ich hole sie aus Frankfurt ab, und wir fahren vielleicht mal auf den hohen Dörnberg? Ansonsten koche ich dauernd Rosenkohl und Nasigoreng. „Und…" – *dies liest die Bea grad in jenem Moment, wo sie gedanklich bereits ausholt, zu schreiben: „…Ich will aber meinen Mann nicht so lange allein lassen!"* – „…der Jesse ist sicher todfroh, wenn er mal von Dir und Deiner anstrengenden Art verschnaufen darf?!"
Endlich darf er sich abends seiner Genußfreude hingeben, und fühlt nicht dauernd die lauernden Augen auf seinem Weinglas kleben, die bald schon sagen wollen: „Nun ist aber genug, Jesse! Es ist bereits das zweite Gläschen, und wenn du Durst

hast, so trink ein Glas Wasser! Dies ist der Gesundheit doch wohl zuträglicher...."

Am Abend schaute ich einen Film an, der im Grunde nur mittel war: Es war die saure Ehefrau, die mich so fasziniert hatte, - erinnernd an Onkel Rainers Frau Sharyn in jung, und mit einem leider ganz sauren Zug um den Mund. Der Mann ging fremd, und auf dem Heimweg durch den Park wollte er einer Dame helfen, die in die Fänge eines Wüterichs geraten war.

Der von einem Fremdgang heimkehrende edle Helfer schlug zu, und am nächsten Tag mußte man in der Zeitung lesen, daß der Wüterich offenbar gestorben war.

Der Herr gestand seiner sauren Frau alles, so daß deren saurer Zug um den Mund noch säurer ausschaute.

Das Sujet wäre vielleicht nicht schlecht gewesen, wenn man es besser verarbeitet hätte?

Donnerstag, 23. Oktober
Grebenstein

Sonnig.
Ab Nachmittag etwas wolkenüberschwadet,
so jedoch nicht ohne Reiz

An Omi Kionczyks 95. Geburtstag, den selbige jedoch bereits im Jenseits zu verbringen genötigt ist, zupfte ich wie alle Tage ein kleines Klopapierblättchen von der großen Klopapierrolle des Lebens ab. („Ein umständlicher Satz zum Beschreiben einer Selbstverständlichkeit!" wie hier ausgerufen werden sollte.) Umbrandet von Ängsten, was jetzt bloß mit meinem Auto ist? Beide Frontlichter haben synchron den Geist aufgegeben.
„Tut mir leid, aber es sind *definitiv* nicht die Glühbirnen!" ← staken mir Worte von Herrn Friese im Gebein, die vor kaum einem halben Jahr gefallen sind.
Streng genommen sind die Tage natürlich keine reinen Klopapierblätter, aber einige Baustellen gibt es auf meinem Wege z.Zt. ja doch zu beklagen:
1.) Reißverschluß meiner Wetterjacke lässt sich nicht mehr bewegen – weder in die Höh´, noch in die Tiefe.

2.) Beide Geigenbögen lassen sich nicht mehr entspannen.
(„Beide Söhne sitzen im Knast"←ein Analogikum, gemünzt auf eine Frau im vergleichbaren Alter.)

Zum Frühstück schaute ich „Brisant":
In Köln kam eine Seilbahngondel hoch über dem Rhein zum völligen Stillstand.
Klatschender Regen und Orkanböhen erschwerten die Rettung einer kleinen Familie, die doch den zweiten Geburtstag ihres Söhnchens ganz groß feiern wollte.
Stattdessen plärrte das kleine Kind in ungeahnten Höhen durchdringend.

Der böse Ibrahim B. wurde zu lebenslanger Haft verdonnert, doch die verhärmten Eltern vom kleinen Dano spürten keine Genugtuung. Sie wollten gar nichts sagen, und sich nur so schnell wie möglich wieder entfernen.
Nur die Anwältin hatte ein Herz für ihren gestrauchelten, und leider zum Jähzorn neigenden Mandanten, und findet, daß eine aus jähem Jähzorn erfolgte Tat nicht so schrecklich geahndet werden dürfe.
Hernach wurden die Themen etwas fröhlicher, und man sah das Gesangswunder Nicole, das am 26.10. den 50. Geburtstag feiert, und noch immer in aller

Munde ist. Doch Hallooo? Hat sie nicht einst gesagt, der Hit „ein bißchen Frieden" besänge nur den persönlichen Frieden? Sie wolle sich nicht für politische Zwecke instrumentalisieren lassen?

Doch mit einem Male wird der Hit grad hierfür genutzt.

„Wenn ich sehe, was in Syrien und der Ukraine geschieht..." feuerte die Nicole eine Kostprobe ihrer politischen Reife ab.

Die reife Nicole aber erzählte noch viel mehr:

Hi und da wollen Reporter wissen, wieviele tausende Male sie diesen Song bereits gesungen habe?

„Offenbar noch nicht genug!" sagte sie lachend, und malte zu ihren Worten oftmals Gänsefüßchen in die Luft, um die Worte ein bißchen besser gegen eventuelle verbale Gegengeschosse zu puffern.

Sie habe zwei Töchter und inzwischen auch eine Enkelin.

Da staunte ich nicht schlecht: So eine glitzernde und glamouröse Omi, die man nun am Strand von Südafrika einen Schlager singen hörte, der Buzen wohl kaum gefallen würde?

Heute habe ich tatsächlich im Internet einen verstohlenen Blick auf meine Kontoauszüge geworfen – mich dabei fühlend wie eine Dicke, die sich tatsächlich nochmals auf die Waage traut.

Mehr als 1500 € befanden sich auf der hohen Kante, wobei die Gagen von Celle und Melsungen noch ausstehen.

Und dann hatte ich auch noch etwas Extramut* gebündelt, *selten zu lesendes Wort und mal wieder in den Briefkasten geschaut. Etwas, wovor ich mich sehr gerne drücke, denn etwas anderes als Blitzungen, Mahnungen oder eine Aufforderung vom Finanzamt, meine Auslagen genauestens aufzulisten, kann zumindest ich heutzutage nicht mehr erwarten.

Zwischen Werbeprospekten kauerten auch zwei bis drei amtliche Schreiben im Briefkasten:

HESSEN. Dienststelle Wiesbaden – ließ sich Schauderhaftes erahnen. Doch es handelte sich lediglich um den Aufruf zum Mammographie-Screening, der augenblicklich in die Tonne wanderte, auch wenn es von der Dienststelle Wiesbaden eigentlich wirklich nett gemeint war.

Etwas fröher begab ich mich nun ins Autohaus, und dort ging´s auch gleich zur Sache.

Der Hausherr, Herr Lundt persönlich, fuhr mein Auto in den OP, welcher mit billigen, so doch nicht unangenehmen Schlagerklängen beschallt wurde, um die Bediensteten bei Laune zu halten.

Ein älterer Herr, assistiert von einem wabbeligen Gesellen, nahm sich des Problems an. Ich stand sehr interessiert daneben, und verbot meiner

Grundbänge („Was sich nun daraus wohl erwächst?") hervorzublubbern.

Der eine Herr reagierte überhaupt nicht auf mich als Frau: Man versucht, die erzwungene Bekanntschaft mit einer verbindenden Bemerkung anzuwärmen, doch sie prallt ungehört ab.

Etwas war ja heut schön: Das Wetter hatte sich gebessert, und die Sonne hatte mich am Morgen wachgeküsst, dachte ich in jäh aufwallendem Frohsinn.

Am Nachmittag schuftete ich für meine Karriere, und schickte Briefe in den Kreis Coburg.
Einer Sekretärin mit Namen „Frau Greiner" schrieb ich gar mit einem Zwinkersmilie versehen:
*...**Daß ich auf einer Violine des weltberühmten Geigenbauers „Greiner" spiele, dürfte für Sie doch wohl von erhöhtem Interesse sein? ;-)***
„*Oh je, mein Ex. Ich kotz gleich!*" stöhnte Frau Greiner in mir.
Später tippte ich sehr lange an einem Brief für Onkel Dölein herum. Eine Tätigkeit, aus der ich etwas Lebenskraft sog.
Der erste Anfangsentwurf erinnerte direkt an Rehlein: **Nachdem ich mir (erlahmt, verbittert und desillusioniert) angewöhnt habe, nur noch Dürrzeiler zu schreiben...**"
Doch der Onkel nimmt Klagegesänge dieser Art für bare Münze, und sieht das neckisch zwinkern-

de Auge zu diesen Zeilen doch gar nicht. Also löschte ich sie wieder hinweg.

Über den Onkel Rainer schrieb ich – allerdings freundlich und sonnig eingefärbt, - daß man es so überdeutlich spüre, daß man in seinen Plänen, Gedanken und Gebeten keinen Platz mehr hat. Doch wahrscheinlich geht es ihm wie JESUS, der ja alle Menschen liebt? Er komprimierte uns in seinem Gehirn auf Bröselformat zusammen, und bedachte den Brösel mit einem Stempelaufdruck.

„Ich liebe Euch!"

Mehr kann man aus der Ferne nicht tun.

Hi und da schickt der Onkel aus Kanada eine Sammelmail auf Englisch.

Versteh koi Wort! denkt da mürrisch der Opa in mir, aber ich selber versuche es zu entziffern, da ich ja netter sein will als der Opa.

Über den Onkel Andi schrieb ich, daß demnächst ein kleines Hündlein in die Goethestraße in Blankenfelde ziehen will, und so wird Andis trauriges Leben als Überbleibsel eines einst so strahlenden Ehepaares, von dem die andere Hälfte alzheimerbenagt zu nichts mehr nutz ist, endlich wieder zu einem bunten Abenteuer.

Freitag, 24. Oktober 2014
Grebenstein – Rottweil

> Zunächst sonnig, jedoch mit leichten
> Wolkenschwaden behaucht.
> In Bayern zuweilen bedeckt,
> doch im Großen und Ganzen
> spätherbstlich sonnig

Ich saß in der Badewanne.
„Merci" stand auf dem frischen Handtuch in meiner Sichtlinie. Das Tüpfelchen auf dem „i" war in Herzchenform gehalten, und ich freute mich, daß sich jemand bei mir bedankt, auch wenn man nicht wüßte, wofür?

Besuch bei der Edith:
Auf dem Tisch stand die historische Babywaage vom Thomas, und die Edith hat seine einstigen kleinen Babysöckchen für die weihnachtliche Vorfreudenzeit mit Haselnüssen befüllt.
Gefunden wurde der vermisste Joachim – ein loser Bekannter von der Edith.
Ein aufmerksamer Mensch hatte aus dem fahrenden Zug heraus eine leblose Gestalt am Ufer eines Bachs gesichtet.
Doch der Tod des geistig behinderten Herrn blieb ein Rätsel.

Zwar hatte die Familie eine großformatige Anzeige geschaltet, doch auf dieser großen Fläche hatte man für den Verblichenen, für den – zeitgleich mit Herrn Reimer – morgen um 14 Uhr ein Requiem veranstaltet wird, keine wirklich berührenden Worte gefunden.

Am späten Vormittag begab ich mich auf meine Reise nach Rottweil:

Am Rasthof Hasselberg saß ich dichtend in der Sonne, und teilte mir die Bank mit einem reifen Ehepaar im Herbst, oder sogar Spätherbst des Lebens. Mein Stift spiegelte sich im Sonnenscheine auf dem edlen Büttenpapier, und ein bißchen vermeinte ich, die Blicke des Rauschebarts zu meiner Rechten zu spüren.
„Das Wetter darf so bleiben!" gurrte seine Frau auf Art unserer Tante Lisel.
Es wimmelte von lahmen Senioren, die, einem Reisebus entstiegen, behäbig wie aufgestellte Schildkröten die Straße überquerten.
Ich setzte meine Reise fort.
Bald schon wurde der goldene Herbst von einem hohen und hauchigen Wolkenmoloch regelrecht aufgefressen. Dann wiederum zeigten sich Berge in feuchtem Wolkendunst, so daß man sich an Taiwan erinnert fühlte.

Plötzlich stand ich wieder in einem Stau, der sich direkt in einer kurvigen Straßenbiege gebildet hatte, und ärgerte mich grün. Ich regte mich so waahnwitzig auf, und sog all das Verdrießliche rundherum auch noch in diese Aufregung mit hinein:

Die Langsamkeit von meinem Läptop, Ampeln, Baustellen, Staus, die ganzen faulen Leute, die wie selbstverständlich nie auf meine Briefe eingehen. Doch ich rief mich zur Ordnung. Wie ich da so rumfluche! Kein bißchen besser als jene amerikanische Mutti, die einst auf einem Supermarktsvorplatz zornbebend, und mit weit ausschwingendem Pferdeschwanz enthemmt auf ihr kleines Kind eindrosch, und bei diesem frevelhaften Treiben von einer Überwachungskamera gefilmt wurde, so daß der Staatsanwalt einschreiten mußte.

Auch die Gegenrichtung war von kilometerlangem Stau gesäumt.

Am späten Nachmittag traf ich im Schwabenland ein, wo sich der verlorengeglaubte goldene Herbst drübergestülpt hielt. Ein etwas ausdünnender, welkender güldener Herbst, der nun bald in den gnadenlosen Winter hineinzumünden drohte.

Zunächst besuchte ich meine alte Studienstadt „Trossingen", und fand Trossingen im Abenddämmer faszinierend.

Hier wollte ich den Geigenbauer Liebich aufsuchen, doch die Praxis, die sich in seinem Privathaus befindet, wäre nur bis um 18 Uhr geöffnet gewesen, und so schellte ich mit bangen Gefühlen, da die sauertöpfische Frau des Hauses, eine karpfenartige Dame, die von Buzen nicht leiden gekonnt wird, es womöglich hasst, wenn die Kundenschmeißfliegen außerhalb der Geschäftszeit aufschwirren?
("I hän ö ganz dringendös Konzzerttt!")← Diese Jammereien hat man doch nun wirklich zu Genüge gehört.
Die Tür summte, und der Liebich verabschiedete soeben einen Spezi, und erkannte mich in dem orangegetönt und schummrig beleuchteten Hausflur sofort.
Er ist reif und prall geworden.
Immer noch sechs Kinder – und dabei soll´s auch bleiben.
Morgen um zehn habe er Zeit für mich.
Dies sagte der sonst so kontaktfreudige Liebich, weil er seine unsichtbare grollende Frau im Nacken spürte.
Hernach besuchte ich die Hochschule.
Mittlerweile hängt eine berührende, und hinzu leicht früchtebrötern ausformulierte Parte von Frau Reimer an der Littfaßsäule.

Man lebte fast 50 Jahre zusammen – dafür möchte sie ihm danken, und verabschiedet sich nun von ihrem geliebten Mann und Weggefährten.
Weitere Verwandte und Mittrauernde scheint es jedoch nicht zu geben.
Und den bekannten Spruch über die erlösende Gnade wenn die Kräfte schwinden, hatte sie ein bißchen in die Breite gebügelt, um die Worte noch besser um das Unfassbare herumzuranken:
Wenn die Kräfte schwinden und sich auf dieser Welt kein Platz mehr für einen befindet, dann sei es Zeit, heim ins Reich Christi zu entschwinden.
Statt freundlichst zugedachter Kränze und Blumen, sei es im Sinne des Verblichenen, Geld für die Renovierung der Dorfkirche zu spenden.
Und während ich nun all dies las, erschien der Geigenprofessor Rademacher, und auch ihn beplabberte ich mit Worten um den Heimgang des Verblichenen. Auf dem Gesicht des Geigenprofessors zeigte sich höfliches Bedauern, so jedoch kein Schmerz.

Abends in Rottweil.
Die Ute begrüßte mich mit Überschwang.
@„Du kommst wie gerufen! Wir wollen soeben essen!" rief sie erfreut, und voll ehrlichster Gastesfrohe aus, und ich riss gleich einen übermütigen Scherz:

Daß man mich immer so mit dem Essen in Verbindung bringe? Wäre es nicht passender zu sagen: „Du kommst wie gerufen. Wir sind soeben mit dem Essen fertig!"
Freudig betrat ich ein neues Kapitel in meinem Leben, und zeigte mich als Gast in der Stube, die ich sogleich, wie ich hoffte, mit einer gewissen Gastesfrische* füllte.

*Gastesfrische ist die Frische, mit der ein *guter* Gast die Stube füllt

Neben Vati Hubert saß der Pedro steif und stimmungshemmend zu Tische, und ich erfuhr, daß er, - zumindest nach außen hin, ein langweiliger Kadettentypus mit akkuratem Scheitel, den man sich aber auch sehr gut unter einer in die Höhe ragenden Staubwedelmütze bei der Parade für Königin Elisabeth vorstellen könnte, - zwanzig Jahre alt sei.
Als wir dann beisammen saßen, platzte die Ute mit einem Kracher heraus: Die unbekümmerte Feli hätte neulich eine wichtige Klausur gehabt, doch beim Hinterherputzen heut, fand Mutti Ute in Felis Zimmer eine Rechnung, aus der hervorging, daß sie die Klausur geschwänzt, und zum fraglichen Zeitpunkt im „Jumbo" gewesen sei.
Einem Einkaufs- und Vergnügungszentrum.
Die Ute versuchte, die Feli anzurufen, doch der „Teilnehmer meldete sich nicht".
Die Töchter von der Ute probten zur Stund in Stuttgart im Jugendorchester. Man probte die

„Bilder einer Ausstellung", und die Ute mußte heute morgen mit den beiden noch einige Passagen üben und glätten.
Serviert wurde ein köstlicher Salat, und hernach ein sämiges Gemüsesüppchen. Wir sprachen über Veganes, und ich erzählte, daß viele Leute, - darunter auch ich, - das Fleisch nur derothalben äßen, damit das arme Tier nicht umsonst gestorben sei.

Der Pedro zog sich eine weiße Mütze über, und entschwand ziemlich lautlos in die Stadt, um sich zu amüsieren – auch wenn man sich ihn beim Amüsieren eben so wenig vorstellen kann, wie die Kanzlerin Merkel, wenn sie vor ihrem Mann Joachim die Hüllen fallen lässt.
Die Ute erzählte mir, daß die unbekümmerte Feli einfach in Pedros Zimmer gezogen ist, um ihn ein wenig aus der Reserve zu locken. Doch der Pedro erträgt ihre Unordnung nicht. Er frägt sich, ob er vielleicht per SMS Schluß mit ihr machen, oder seinen erzwungenen Status als Sohn des Hauses zumindest auf den eines losen Bekannten, den man im Vorübergehen grüßt, einschnurren lassen sollte?
Ferner erzählte die Ute, daß man Mireilles Schwester Jona kennengelernt habe, die ihre Schwester Mireille für nicht lebenstüchtig halte. Ebenso könnte man auch über mich sprechen,

doch ich habe es ja immerhin bis zum heutigen Tage geschafft.

Morgen früh müssen sich die Eheleute zu einem Abspannungswochenende am Lago Maggiore erheben. Nach all den Jahren der anstrengenden Aufzucht möchte man einfach einmal ausprobieren, ob man wohl auch als Ehepaar noch funktioniert?

Samstag, 25. Oktober 2014
Rottweil - Schluchsee – Hausach

Herbstlich – meist sonnig

Ich schlief ausgezeichnet in jenen Tag hinein, an welchem das Aschehäuflein, das von Herrn Reimer übrig geblieben ist, zur allerletzten Ruhe in die Erde versenkt werden sollte.

Ute und Hubert hatten für heute ein erstes kinderfreies Wochenende nach über 18 Jahren geplant. Gegen acht Uhr in der Früh würde man von einem anderen Ehepaar mit ähnlichen Ambitionen aufgepickt, so daß am Anfang des

Urlaubs erstmal nochmals Stress anstand, so jedoch ein vorerst finaler Stress, wie zu hoffen war.
Das riesige wunderschöne Wimmelhaus würde einem unreifen 20-jährigen überantwortet, der am Wochenende die Nacht zum Tage zu machen pflegt, indem er auch bereits heut erst gegen fünf Uhr in der Frühe nach Hause gekommen sei.
Und zu eben dieser Stunde erhoben sich die fleißigen Eheleut, und der Hubert pfiff nach Art eines Vögleins ein eingängiges Walzlied, während tausenderlei bedacht werden wollte, und ich da oben einfach noch in mein Bett getunkt so dalag, statt kräftig mitanzupacken, und mir selber zu beweisen, daß ich mich im Laufe der Jahre in Grebenstein in eine hilfswütige Hessin verwandelt habe.
Hubertchens Gepfeife ging in einen „Kika!"-Ruf über, so daß ich mich behende in meine Kleidungsstücke eintopfte, um wenigstens noch ein wenig an denen herumzugenießen.

Bald kam eine gewisse Petra, und vor dem Hause wartete der hinzugehörige Jürgen – ein Herr, von dem ich bis zu diesem Moment nur die Händi-Nummer kannte, die für den Fall der Fälle auf dem Tische lag.
Jürgen mobil: 0176 523 50 223
Zupackend quetschte man gemeinsam das Auto bis in den letzten Winkel voll.

Ich fuhr nach Schluchsee, um die frischgebackene Wittib Frau Reimer zu besuchen, und in dieser kleinen geografischen Besenkammer am Ende der Welt, geht´s steil in die Höh´, vorbei an einer rosa Kirche.

Ein Parkplatz fand sich in der Höhe ersteinmal nicht, und die depperten Schwarzwälder schauen immer so unverhohlen auf die Fremden drauf, daß man sich ganz beklommen und schuldig fühlen muß.

Mir schien, als würde in der rosa Kirche bereits die Beerdigung vorbereitet.

Schließlich parkte ich mein Auto unterhalb des hohen Hügels dieses öden Dorfes an einer gänzlich lahmgelegten und ausgehöhlt wirkenden ehemaligen Gaststätte, in die sich Herr Reimer einst hi und da hineingesetzt hat, um in angesäuseltem Zustand mit der Landbevölkerung herumzuphilosophieren, und zu versuchen „einer der ihren zu werden".

Zu Fuß lief ich nun wieder hangaufwärts. Vorbei an einer Garage, wo so unsympathisch zu lesen stand:

Parken allerstrengstens verboten!!!
Nicht 30 Sekunden! Nicht 5 Sekunden!
Gar nicht!!!

Ein gräßlicher Menschenschlag.

Und so wahnsinnig toll, wie Herr Reimer diesen Ort in jungen Jahren beschwärmt hat, fand ich's hier auch optisch nicht.

Die Reimers leb(†)en in einem riesigen, unnatürlich großen alten Bauernhaus – ausschauend wie ein stillgelegtes Hotel mit etwa vier Stockwerken, und hinzu einem Dachgebälk, für Strohballen und vieles mehr.

Ich fühlte mich beobachtet, als ich unter den lauernden Augen zahlreicher Fenster eine Türklingel suchte. Links stand ein riesengroßes Kruzifix, und rechts auf einer hohen weichen Wiese leicht umzäunt, musterten mich zwei junge Hunde. Jetzt schellte ich, und schmiegte mich interessiert in das, was kommen würde.

Oben knarzte ein altes Fenster, das alsbald geöffnet wurde, und aus dem eine in die Jahre gekommene dralle Rapunzel herausblickte.

„Franziska!" rief die mütterliche Frau Reimer erfreut und überrascht. „Ich komme herunter!"

Frau Reimer ist leider sehr dick und formlos geworden. Wir umarmten uns in freudiger Wiedersehenfreude nach all den Jahren, und ich wurde ins Haus gebeten.

Überraschend sagte Frau Reimer völlig wertungsfrei im Tonfall: „Du hattest ja ein ganz besonders Verhältnis zu Jürgen!"

Dann schwärmte sie mir begeistert von ihrem Neffen vor, der heute anreisen würde.

Die Vorfreude auf ihren geliebten Neffen hatte die ganze Trauer überspült. Er hatte versprochen sich beim Begräbnis vorne in der ersten Reihe neben sie zu setzen, und sie ganz fest in den Arm zu nehmen, und darauf freute sich die schmuserig veranlagte Frau Reimer so sehr, und zählte die Stunden bis er, der am anderen Ende Deutschlands ansässig ist, endlich anreist!

Schon zu seiner Säuglings- und Kleinkindzeit hatte man sich den Neffen ständig ausgeborgt, und das süße kleine Kind hatte dem leider kinderlos gebliebenen Ehepaar die jungen Jahre verschönt und gewärmt.

Über den Exitus des Verblichenen erfuhr ich folgendes: Nach der Herzklappen-OP im Jahre 2005 mußte er sehr starke Medikamente nehmen. Davon bekam er sehr starke Herzrhythmusstörungen. Der Beipackzettel las sich schrecklich: Während bei dem einen medikamentenbedingt das Augenlicht erlischt, wird bei anderen die Schilddrüse zerstört. Und genau dies passierte ihm.

Er wurde immer schwächer, und doch reiste man kurz vor seinem Tode noch nach Sizilien, weil er sich so sehr gewünscht hatte, ein letztes Mal das Meer zu sehen. Doch er wußte, daß er sterben würde.

„In letzter Zeit befand er sich bereits in einer ganz anderen Welt", hieß es nun mit melancholischem Lächeln.

Er habe seine Mutti, die am 5. Juni gestorben ist, um eben mal knapp vier Monate überlebt.
Und von dieser Mutti wußte ich ja auch einiges, denn einmal habe ich sie auf einer Feier in Villingen kurz kennengelernt: Eine schrille Theaterdame, die immer und überall im Mittelpunkt stand, und vor welcher der Jürgen ein wenig Angst hatte – vor ihrem ohrenbetäubenden, dreckigen und infernalischen Gelächter, und ihrer hyperaktiven hippeligen Art, wie wir nun kurz und lachend erörterten. Sie erinnerte an die schrille Großmutter im Film „Quellen des Lebens", die ihren verstockten Enkel ständig „aufzufressen" drohte, und in ihm den Grundstock für ein lebenslanges gestörtes Verhältnis zu Frauen legte.

Ich bekam eine E-Mail Adresse, da ja Frau Reimer ebenso gerne Post bekommt, wie ich.

Ich erfuhr, daß die beiden Geschwister von Herrn Reimer zwar noch leben, so jedoch in den letzten Jahren leider nicht mehr gut auf ihren Bruder zu sprechen waren, weil er sich kaum um die betagte Mutter gekümmert habe.
Wenn der Bruder vielleicht mal schreibt „Gruß – Achim!" so gäbe dies einem wenig, sagte Frau Reimer ganz in meinem Sinne.
Ferner erfuhr ich, daß Frau Reimer computersüchtig sei. Er sei ihr Band zur

Außenwelt, und ohne ihren Läptop könne sie überhaupt nicht leben.
Aber darüber hinaus ist sie ein sehr positiver Mensch. Von ihr könnte man sich beispielsweise vorstellen, daß sie einen Schwerverbrecher heiratet, ganz einfach, weil sie das Gefühl hat, ihn durch Liebe und Güte auf den rechten Weg zurückführen zu können.

„Jürgen hat dich geliebt. Das habe sogar ich gemerkt, obwohl er sich so viel Mühe gegeben hat, es geheim zu halten!" lachte Frau Reimer.

Auf die Beerdigung um 14 Uhr bin ich dann doch nicht gegangen, und besuchte am Nachmittag stattdessen die hübsche Nicole in Hinterzarten, wo sie überraschenderweise in einem Einkaufszentrum lebt. Man hatte dort im dritten Stock einige Wohnungen erbaut, die sich durch eine Außentreppe erreichen lassen, und an Ferienwohnungen auf Spiekeroog, oder aber das „betreute Wohnen" erinnern.
Ich stieg in zugige Höhen, fand aber keinen Klingelknopf und stieg ratlos wieder hinab.
Und auch wenn ich damit rechnen mußte, daß mein Händi jeden Moment verlischt, da ich kaum Guthaben drauf hatte, rief ich die Nicole nun an, und dann hieß es plötzlich: „Dreh Dich einmal um!" Ich wirbelte herum, und sah eine so süße

Frau auf dem Balkon, die mir freudig zuwunk.
Bezaubernd wie einst das junge Mobbele.
Ergriffen stürmte ich ihr entgegen, und oben im Sonnenschein, auf dem engen, von schubberig stimmenden Höhenwinden beblasenen Balkonflur kam mir die Nicole entgegen. Mit geplättetem schulterlangem Haar und einem warmherzigen Lachen.
„Kabisch" stand da, kaum sichtbar in verblassendem hellen Gelb auf dem Klingelknopf, und man betrat eine weißgestrichene Wohnung in der die vielen Umzugskartons z.T. noch nicht ausgepackt waren.

Ich stellte meine Salven an Fragen wohldosiert, und erfuhr das, was ich schon wußte:
Das Glück mit dem Professor ist erloschen.
Das Ehepaar wollte eigentlich gemeinsam nach Berlin ziehen, und hatte bereits eine Wohnung gemietet, da sagte der Professor – grad so, wie einst Gretels Freund – er habe es sich nun anders überlegt und beschlossen, den verbliebenen Lebensrest alleine abzuschreiten.
„Zu den Gründen möchte ich mich nicht äußern!" und „Ich bitte Dich, meine Entscheidung zu respektieren, und keine weiteren Fragen zu stellen!" (Dies allerdings sind Worte von *Gretels* Ex.)
Jetzt will die Nicole ihn aber gar nicht mehr zurück, und gerade deswegen sei sie in China

gewesen – und zuvor hatte sie drei Monate lang keine Stimme mehr. Kehlkopfentzündung!

Nicole so rührend: „Es hat mir die Sprache verschlagen!"

Nun aber ist die Nicole wieder gesund, und hinzu so entzückend.

Es ist so wie damals, als Hongkong an China zurückfiel – nun fällt die Nicole an uns zurück. Plötzlich ist alles wieder so wie früher.

Jahrelang war die Nicole als Anhängsel eines Professoren zwar „ganz nett", aber es handelte sich dabei einfach nicht mehr um *die* Nicole, die man kannte und gewöhnt war, und nun war sie genau *das* wieder, und verwöhnte mich mit Gutsles, einem Espresso und später auch noch zart gewärmtem Streußelkuchen.

Ich zur Nicole: „Jetzt verstehe ich es gar nicht mehr, wie man es einst so lange ohne Dich ausgehalten haben soll?"

Ich fuhr wieder ab, und stand in Freiburg in einem lästigen Stadtstau, und es ist leider so, daß ich diese Stadt hasse. Ich hasse sie, seitdem ein plumper Freiburger mal zu Buzen, der ein köstliches Späßlein über die Freiburger Grundbevölkerung riss, gesagt hat: „Wem´s net pascht, der kann ja weggehö aus Freiburg!"

Und das „ei" in Freiburg sprach er so besonders eng- und kleingeistig aus, wie ich fand, da ich ja in feinsten Nuancen zu hören pflege.

Ich lernte den Pfarrer von Auggen, Herrn Schenk-Wellner kennen, einen dicklichen Typen mit grauer Pelikanfrisur, sehr plaudersam und gleichzeitig leicht schüchtern veranlagt, und überraschenderweise aus Zierenberg stammend.
„Den Ort werden sie nicht kennen," sagte er, doch da konnte ich ja nur lachen. „Dieser Ort ist mir nur allzu vertraut!" breitete ich lustvoll überraschende Worte aus.
Im Marktgräfler-Land mit seiner nahezu durchgehend törichten Bevölkerung stieß und stößt er als Hesse und Fremder auf Ablehnung und Widerstand.

Im Konzert:
Gleich im ersten Satz von Bachs a-moll Sonate tönten die Kirchglocken auf, so daß ich an passender Stelle abbrach und meinte, man möge erst den Lärm abwarten. Ich setzte mich in die erste Reihe, schaute auf das Schild „inri" drauf, und das vielschichtige Gebimmel hörte einfach nicht mehr auf.

Abends in Hausach:
Beim Gerhard und der Jeannette war´s wie immer schön, entspannend und familiär. Die Jeannette mußte schnell noch einen Krimi zuende schauen, dann hoben wir Wein, und erzählten beispielsweise von Büsum, jenem entlegenen Ort im hohen Norden, wo Pfarrer und Haushälterin ihren jährlichen Sommerurlaub zu absolvieren pflegen. Ferner sprachen wir über die Gesundheit, und dann gab´s ein Feuerwerk vor dem Fenster.

Auf dem kleinen Kirchvorplatz hatten sich fünf begeisterte Feuerwerkfäns eingefunden, und mit denen scherzte der Geistliche aus dem Fenster hinaus über Bierkrüge, von denen er ja eine imposante Sammlung besitzt.

Über Nicoles Ex, und seine - auf den ersten Blick befremdliche - Entscheidung hatte ich mir schon Gedanken gemacht, die nun, offenbar genug bebrütet, reif schienen ausgebreitet zu werden:
„So wie es in Mode gekommen ist, sich die Brüste „auf gut Glück" profilaktisch abnehmen zu lassen, be*vor* man an Brustkrebs erkrankt, trieb den Professor wohl eine ähnliche Überlegung zu seiner schmerzlichen Entscheidung, die hübsche Nicole zu verlassen und zu vergessen? „Ich mache Schluß, *bevor sie* es macht, weil ich alt und unattraktiv geworden bin!"

Sonntag, 26. Oktober
Hausach – Onolzheim

> Zwar sonnig, doch auch mit Schlier- bzw.
> Fleckenwolken durchmengt,
> bereits sehr spätherbstlich

Ich nächtigte entspannt im Bischofsbett.
So heißt das Bett, weil es im Bischofszimmer steht, und das Zimmer wiederum heißt so, weil dort einmal der Bischof übernachtet hat.
Ich fühlte mich so lose und entspannt, als könne ich mitten in der Nacht einfach fragen, ob ich mich zu Gerhard und Jeanette ins Ehebett legen dürfe?
Alleine sei mir kalt und schubberig!
(könnte ich ja sagen.)

Aufmerksame Beobachter hätten am Morgen ein Spektakel erleben können: Eine entblößte Frau am Fenster der Bischofsresidenz.
Ich nach meinem Ausstieg aus dem Duschhäusl!

In der Durchreiche zur Küche stand bereits ein Tablett mit den ersten Frühstücksvorboten:
Eine „Moin-Moin"-Tasse aus Büsum, und eine Blutdruckspille auf einem Pillenschälchen.
Die Jeannette hatte bereits gestern einen köstlichen Apfelkuchen gebacken, und auf dem gestrigen

Fleiße fußend, durfte man sich heute ein wenig
Faulheit erlauben, indem dieser leckere Kuchen
nun als Frühstück herhielt, so daß man sich das
Butter, Messer und Marmeladeherumgeschleppe
sparen konnte. (Worte, wie von einer sündhaft
faulen Frau niedergetippt.)
Ich machte der muffig veranlagten Jeannette mit
ihrem goldenen Herzen ein Kompliment: Nicht
nur im Haus, sondern auch in den Gassen von
Hausach habe sich der feine und köstliche Duft des
Kuchens ausgebreitet.
Der Papst Franziskus suche eine Kuchenbäckerin.
„Tatsächlich?"
Doch hier mußte man sich korrigieren: Der Papst
ißt gewiss keinen Kuchen. Ihm reicht eine simple
Brotkruste.
Wir lenkten das Okkular der Frühstücks-
konversation quer an der muffigen Jeannette
vorbei auf den Papst, der nach seiner Wahl als
Stellvertreter Gottes auf Erden nicht einmal in die
bereitgestellten roten Schuhe steigen wollte.
„Nur in seine eigenen alten Schuhe, die er einem
armen Schuhmacher am Wegesrand abgekauft
hat!" wußte der Gerhard aus dem Nähkästchen zu
plaudern.
Man bat mich, im Gottesdienst Violine zu spielen,
und ich schaute kurz nach, ob die Saiten überhaupt
noch funktionieren? Wenn die jetzt zerdröselt
gewesen wären, so hätte ich bei der Jeannette das

Backen erlernen, und mich in der kleinen Backstube gegenüber als neue Bedienstete empfehlen könne, scherzte ich.

Der kleine Ivo (das Hündchen) war heut so brav. Von der Küche aus hatte ihm die Jeannette auf Verdacht eine Barschheit zugerufen, und auch ich solle ganz geschwind in die Stube eilen, um ein Auge draufzuhalten, daß sich der kleine Lümmel nicht über den Kuchen hermache. Und da lag er so brav schlummernd auf der Bank, oder tat zumindest so – wie von Wilhelm Busch gezeichnet. Ich erzählte von Frau Neckermann, ihrem silbergrauen Zwergpudel „Sonny" und seinem Krönchen auf dem Haupt, und die Jeannette erzählte muffig, daß es so anstrengend sei, allen Leuten sagen zu müssen: „Bitte nicht aufs Krönchen!" daß sie sich diesen Passus bereits seufzend wieder abgewöhnt habe.

Ich lief mit dem Geistlichen zur Kirche, und überlegte unterwegs, daß es doch vielleicht besser wäre, die Autokennzeichen nach dem Beruf statt nach der Stadt zu benennen? Ein Orgler, den ich kannte hatte das Kennzeichen: OG.
„Bei Dir würde dann PFA stehen!" sagte ich auf Art einer aufgeweckten 11-jährigen.

„Und bei Dir VIO – für Violinistin. Was ist eigentlich der Unterschied zwischen einer Violine und einer Geige?"

Aus einer Seitengasse löste sich eine uralte Omi in Brötchenschuhen mit einem Krückstock auf die Kirche zu.

Innen im Künstlerzimmer saßen lauter weißgekleidete Ministranten, und ich lernte den sympathischen Orgler kennen, dem ich nun durch das große Kircheninnere auf eine, sich in die Höhe windende Wendeltreppe folgte. Beim Durchschreiten des Kirchenschiffs, fühlte ich mit meinem Geigenkasten mich verlegen wie die Neue in der Klasse.

„Ach, da scheint jemand hoch hinauszuwollen?"

bepieksten mich vermeintliche Gedanken der Schäfchen.

Oben spielten wir zusammen zwei Werke, und die alte Freundschaft scheint im Gerhard richtig neu aufgeblüht, indem er der Gemeinde von unserem Kennenlernen erzählte, mir später als Pfarrer vor aller Ohren innig dankte, und von Gott den Segen für meine Autofahrten erbat.

In der Predigt sprach er vom Skandal in Limburg, ohne Namen zu nennen.

Daheim durfte ich noch mein Händi aufladen, und die Jeannette bereitete mir einen wohltuenden Tee zu. Der freundliche Orgler saß bei uns am Tisch, und man sprach über einen israelischen Pianisten, der immer nur klagen würde, so daß es ihm sicherlich guttäte, demnächst mal wieder seine Heimat und die Klagemauer zu besuchen.

Auf dem Fenstersims stand ein Spielzeug wie aus dem Spielzeugmuseum: Eine Kanone, daneben eine Kiste, und auf der Kiste stand „Schießpulver", und das Spiel hieß „das Hornberger Schießen".

Auf der ganzen Welt pflegt man zu sagen: „Das geht sicher wieder aus, wie das Hornberger Schießen!" Und somit wird der kleine Ort „Hornberg" zuweilen in den Fokus des Weltgeschehens gestellt, und überall schlägt man im Lexikon nach, und macht sich über das „Hornberger Schießen" schlau und kundig.

Bald jedoch schickten sich Pfarrer und Orgler im Duett dazu an, zum Gottesdienst nach Hornberg zu fahren.

Zum Abschied ließ mir die Jeannette eine sehr innige Umarmung angedeihen, dieweil sie eben ein Herz aus purem Gold hat.

„Du hast ein Herz aus purem Gold!" sagte ich.

„Übertreib´s net!"

Und doch stand sie mit ihrem Pudel auf dem Arm die ganze Zeit da, während ich mich aus dem engen Parkplatz in das kleine Städtchen hinauswand.

Ich fuhr zu meiner lieben Freundin Ute M. in Herrenberg.

Der 10-jährige Nathan öffnete die Türe, und musterte mich bloß verständnislos auf Mondkalbsart.

„Der jüngere Sohn von Ute M. ist ziemlich kühl", erzähle ich hi und da. „Er gefällt sich in der Rolle des kühlen Unnahbaren."

Und nun bestätigte er mir leibhaftig meine eigenen multipel gefallenen Worte, indem man in seinem Blick lediglich ein gelangweiltes Befremden las.

„Kika!" rief die süße Ute schon so vergnügt aus der Küche heraus, da sie sich über einen Gast immer sehr freut. Bei denen war grad Frühjahrsputz angesagt, und ich lernte ihre aus drei Herren bestehende Restfamilie wie neu kennen.

Der 13-jährige Julian trägt mittlerweile eine Brille. Er sei sehr humorvoll, gilt als Spaßvogel und Stimmungskanone und einmal sah man, wie er mit seinem Zwicker auf der Nas fast gnitz in sich hineinlächelte.

Verschwörerisch und entzückt raunte mir die Ute beim Tee zu, daß er angefangen habe, sich für Mädchen zu interessieren, und die Vorfreude darauf, daß er vielleicht bald ein nettes und hübsches Mädchen mit nach Hause bringt, stand der Ute ins Gesicht geschrieben. Mehr noch: Sie dachte gar noch weiter: Daß man übers Jahr die Hochzeitsglocken läuten hören wird, und bald darauf das erste Enkelchen in der Wiege zu bejubeln ist, und diese wunderschönen Gedanken und Zukunftsvisionen stimmten die Ute ganz taumelig vor Glück.

Heut, am Putztag, trug die mittlerweile Graumelierte mit dem ebenfalls goldenen Herzen eine Beulenhos, wie sie vom Onkel Hambum nicht gutgeheißen würde.

Ja, vom bedauerlichen Exitus eines Herrn Reimer habe man gehört, und bald solle er posthum auch noch mit einem Abschieds- und Gedenkkonzert zwangsbeglückt werden. (Nein, in diesen Worte sagte die Ute es natürlich nicht.)

Doch ob ihm dies gefallen würde?

„Kann ich nicht endlich mal schlicht meine Ruhe haben?" dachte ich für den Verstorbenen, und erinnerte mich plötzlich, wie sich die letzten Minuten auf Erden doch sehr dehnen können. Ich befand mich wieder 𝔦𝔪 𝔍𝔞𝔥𝔯𝔢 2000: 𝔒𝔟𝔢𝔫 𝔞𝔲𝔣 𝔡𝔢𝔯 𝔈𝔪𝔭𝔬𝔯𝔢 𝔡𝔢𝔯 𝔏𝔞𝔪𝔟𝔢𝔯𝔱𝔦𝔨𝔦𝔯𝔠𝔥𝔢 𝔦𝔫 𝔄𝔲𝔯𝔦𝔠𝔥. 𝔅𝔲𝔷 𝔲𝔫𝔡 𝔦𝔠𝔥 𝔰𝔱𝔞𝔫𝔡𝔢𝔫 𝔦𝔪 𝔚𝔞𝔯𝔱𝔢𝔪𝔬𝔡𝔲𝔰 𝔫𝔢𝔟𝔢𝔫 𝔡𝔢𝔯 𝔒𝔯𝔤𝔢𝔩, 𝔲𝔪 𝔡𝔢𝔫 𝔩𝔞𝔫𝔤𝔰𝔞𝔪𝔢𝔫 𝔖𝔞𝔱𝔷 𝔳𝔬𝔫 𝔅𝔞𝔠𝔥𝔰 𝔇𝔬𝔭𝔭𝔢𝔩𝔨𝔬𝔫𝔷𝔢𝔯𝔱 𝔷𝔲 𝔰𝔭𝔦𝔢𝔩𝔢𝔫. 𝔘𝔫𝔱𝔢𝔫 𝔩𝔞𝔤 𝔡𝔦𝔢 𝔳𝔢𝔯𝔰𝔱𝔬𝔯𝔟𝔢𝔫𝔢 𝔉𝔯𝔞𝔲 𝔖𝔠𝔥ü𝔱 𝔦𝔫 𝔦𝔥𝔯𝔢𝔪 ℌ𝔬𝔩𝔷𝔭𝔶𝔧𝔞𝔪𝔞, 𝔲𝔫𝔡 𝔡𝔦𝔢 𝔫𝔬𝔯𝔡𝔡𝔢𝔲𝔱𝔰𝔠𝔥 𝔱𝔬𝔯𝔣𝔦𝔤𝔢𝔫 𝔚𝔬𝔯𝔱𝔢 𝔡𝔢𝔰 𝔊𝔢𝔦𝔰𝔱𝔩𝔦𝔠𝔥𝔢𝔫, 𝔡𝔢𝔯 𝔤𝔯𝔞𝔡 𝔰𝔬 𝔴𝔦𝔢 𝔅𝔲𝔷, 𝔢𝔟𝔢𝔫𝔣𝔞𝔩𝔩𝔰 „ℌ𝔢𝔯𝔯 𝔎ö𝔫𝔦𝔤" 𝔥𝔦𝔢ß, 𝔴𝔬𝔩𝔩𝔱𝔢𝔫 𝔲𝔫𝔡 𝔴𝔬𝔩𝔩𝔱𝔢𝔫 𝔨𝔢𝔦𝔫 𝔈𝔫𝔡𝔢 𝔣𝔦𝔫𝔡𝔢𝔫...

Doch dies sprach ich nicht laut aus, sondern erzählte stattdessen von der Tante Bit-Bit und ihrem verstorbenen Ehemann, der immer so garstig zu ihr war. Von der Daaje, ihrem Hang zu

simplen Typen, die Mutti Gerswind Grind bereiten, und von Camillos Wachstumsschwäche.
Schon war die Zeit wieder um. Gehüllt in die warme Freude, die mein Besuch ausgelöst hat, begab ich mich zum Auto zurück, und nein! Meine Violine war ungeraubt geblieben, und die Ute war doch so besorgt, da in diesem Wohnviertel schon viermal eingebrochen worden sei.

Am Spätnachmittag in Onolzheim:
Ich lernte Teile der sechsköpfigen Familie Meier kennen.
Zunächst die 17-jährige Nathania, ein wunderhübsches junges Mädchen mit schönem üppigem strohblondem Haar.
Frau Meier erzählte lachend von den vielen „Elke Meiers" von denen die Welt doch nun wirklich mehr als großzügig bevölkert ist, und ich als Gast machte ihr ein ungewöhnliches Kompliment: Sie habe ja eine Frisur wie ein Hollywoodstar!
Ja, die Pfarrerin Meier ist schon eine imposante Erscheinung!
Ihr dicker Ehemann, ein gemütlicher Schwabe mit Schmuddlbärtchen, hatte eine lose stimmende Wellenlänge.

In der Kirche lernte ich eine verschnupfte alte Küsterin kennen, die leider nicht so gut hörte, und heut in zwei Wochen hinzu ein neues Knie

bekommt, weswegen ihr schwerer Husten in zwei Wochen auskuriert sein sollte!
Fast alle Fragen, die sie so stellte, waren törichter Natur, und hinzu anstrengend zu beantworten.
Ihr Bruder habe auch Geige gespielt, dann aber die Luscht verlorö, und heut käm er au net, weil er einen so geräuschvollen Husten habe.
Schließlich begann das Konzert…..

Daheim hatten Vater & Tochter für uns gekocht, und Frau Meier, die mir so sympathisch ist, meinte, daß sie von Klassik eigentlich überhaupt koi Ahnung hätt. Das, was sie allerdings fasziniert habe, sei die Geschwindigkeit.
Es gab einen grünen Salat und Pfannkuchen mit einer Schinkenscheibe und einer Käsesoß!
Ich erfuhr, daß der gemütliche Herr zu meiner Linken Lehrer für Latein und Geographie von Beruf sei, und auch die schöne Nathania möchte einmal Lehrerin werden. Allerdings für Mathematik und Erdkunde, und der 15-jährige Thorben möchte einmal Großtierarzt werden. (Spezialist für Elefanten, Nilpferde und Nashörner).

Ich erfuhr, daß man sechs Jahre lang in Griechenland gelebt habe, und Frau Meier sagte einen Satz auf griechisch: „Ich habe heute ein sehr schönes Konzert gehört!"

Montag, 27. Oktober
Onolzheim – Stuttgart

Arielweiße Wolken. Viel Sonnenschein.
Und doch bereits sehr spätherbstlich

Wichtige Eckdaten:
Frau Meier, geb. am 28.7.1972 ist eine feine Frau –
alles andere somit als ein simpler Klofrauentypus,
wie der Allerweltsname vermuten läßt.
Ihren Mann Johannes, einen gemütlichen dicken,
und hinzu lose stimmenden Schwaben, - zwar
vielleicht bis zu einem gewissen Grad ein
Duzendtypus, -nimmt man doch auch gern,
zumindest als kleine Zwischenperle in der
Bekanntschaftskette auf. Geb. am 21.4.1968.
Ich gestern: „Dann haben Sie ja am gleichen Tag
Geburtstag wie Königin Elisabeth!"
„Soo isses!"
Und dieses sympathische Ehepaar nächtigte nun
oben im spitz eingewinkelten und niedrig
gewordenen dritten Stock direkt neben mir.

Nach meinem Erwuch hörte ich die Mailbox ab:
Die Katharina bat um Rückruf, um die nächsten
Tage zu planen. Der Marius habe mir au
g´schriebö! erzählte sie stimmungserhellend. (Doch
als ich am Abend meine E-Mails las, schien´s mir

eher so, als habe die Katharina selber für den Marius geantwortet, da mich die Wortwahl so sehr an eine ältere Dame erinnerte.

Ich dachte an meine Lieblingstante Antje in Bonn, die ihrem ebenfalls „Marius" heißenden verstockten und pubertären Enkel gern ihre eigenen Worte in den Mund legt, die dem Marius selber völlig wesensfremd sein dürften, wenn sie ihm hinterherpsychologisiert und über ihn erzählt.

Frühstück mit den Eheleuten.

Vati Johannes hatte köstliche Brötchen mitgebracht. Mehr noch: Ich bekam einen selbstgeschleuderten Honig *geschenkt!* so daß wir kurz über das Imkern sprachen, und tatsächlich habe der fröhliche Herr einmal eine ganz zerstochene Lippe gehabt, so daß man sich des Anblicks, den er bot, schämen mußte.

Frau Meier erzählte aus ihrem Leben:

Ihr Mann hatte den Fuß gebrochen, und sie fuhr ihn im Rollstuhl in einen Kleiderladen hinein.

„Ja, was hätte er denn gern?" frug der Verkäufer *sie,* da Menschen im Rollstuhl aus der ernstzunehmenden Gesellschaft ausgeschlossen werden.

Noch schlimmer ging es denen allerdings wenig später im Kaffeeladen: Die Kaffeeverkäuferin nahm die Pfarrerin vertraulich beiseite und sagte verbindend von Frau zu Frau: „Hat er ö Schläglö

g´habt?? Meiner hatte drei, bevor er dann vor drei Jahrö gnädig verschdorbö isch!"
Ich lachte laut und erheitert zu diesen Geschichten, und dann erzählte ich ebenfalls lachend vom Marius, der sich zum potenziellen Serienmörder zu entwickeln droht, und seinen blutrünstigen Schriften, obwohl diese Geschichten streng genommen nicht wirklich zum Lachen sind.

Stuttgart am frühen Abend.
Überschwenglich begrüßte mich das Yüsslein mit einer Umarmung, und wieder zeigte sich seine humohrige Ader: (Ich schreibe „humohrig" mit h, da er ja ein halber Mohr ist.) Während ich mich mit Fleiß etwas übertrieben in die Länge reckte, um den baumlang Gewordenen zu umhalsen, machte er sich mit Fleiß ganz kurz. Ein Humor, der an den Opa erinnerte. Die Alya sprang an ihm empor und wollte auch eine Umarmung, bekam allerdings keine, da sie ihn normalerweise von früh bis spät zu sekkieren pflegt.

„Mama," sagte der Yussuf mal.
„Laß mich raten..." sagte Mutti Hilde in gutmütiger und gedrosselter Verdrossenheit.
„"Mama" bedeutet, daß du etwas Geld brauchst?"
„Nein!" sagte das Yüsslein eilig und beflissen, und es war ja bloß so, daß er irgendwo hin mußte.

Hilke & ich liefen zum Sushilokal, und das Alyalein fuhr bald mit dem Radl hinter uns her.

Stuttgart, eine im Gegensatz zu Freiburg, sehr freundliche Stadt, sieht auch an ganz häßlichen Stellen irgendwie stuttgarterisch sympathisch aus, befand ich.

Das Sushilokal war heut ganz voll, und wir teilten uns einen hinteren Tisch mit jenem weltfremden Konzertpianistentypus, der mir bereits beim letzten Besuch als „nicht ganz zur restlichen Welt gehörend" ins Auge gestochen war. Er saß im Winkel, las in einem zu einem Rohr zusammengerollten „Spiegel", und nahm kaum Platz ein, während wir drei Damen uns schnatternd um ihn herumgruppierten.

Ich erzählte dem Alyalein vom Friedensnobelpreis, der heuer einer 17-jährigen überreicht wird.

„Du hast doch schon so viel für den Frieden getan!" setzte ich, nicht zuletzt auch für die Ohren des stillen Konzertpianistentypus im Winkel, eine völlig aus der Luft gegriffene Behauptung in den Raum, denn die Wahrheit schaut ja leider Gottes doch nur so aus, daß sich das Alyalein einfach ziel- und planlos durch´s Leben treiben läßt, und noch nie etwas für den Frieden getan hat.

Nach dem Besuch im Sushilokal gönnten Hilde und ich uns einen Cappuccino in der Bauernmarkthalle, wo es vor Kindern nur so wimmelte.

Ein süßer kleiner Junge warf sein Mützchen durch die Luft, und hi und da landete es in den Apfelkisten vor dem Bioladen.

Wieder lenkte die Hilde die Rede kryptisch auf Buzen, doch ich wurde nur still und traurig dabei, weil es Buzen nicht so gut geht, und man der Hilde vielleicht den einzig richtigen Ratschlag geben solle: Einfach nach Ofenbach zu fahren, um Buzen im Walde aufzulauern.

Er säße täglich auf unserer* Bank am Echofeld.

*Einer Bank, die ein reicher Herr aus Ofenbach einst Rehlein & dem Opa geschenkt hat.

Die Hilde meinte, der Weg nach Aurich sei ihr verbaut, und nach Ofenbach würde sie nur reisen, wenn sie vielleicht einmal zufällig in der Nähe wäre.

Wir begaben uns in Hildes Unterrichtsraum im Erdgeschoss eines Altbaus der Bebelstraße, und weil ich die Dämmerung so liebe, strich ich die Vorhänge beiseite, so daß ich das Gewusel auf und um den S-Bahnhof herum im Dämmerlicht genießen konnte. Die Hilde hatte das Licht eingeschaltet, und so wurde aufmerksam Beobachtenden ein aquariumsartiges kleines Musikzimmer im Gemäuer geboten.

Nach einer Weile zeigte sich der erste Klavierschüler, und ich durfte in die Wohnung gehen, um nach meinen Mails zu schauen.

Ein Brief Rehleins stimmte mich mutlos:
Buzen ginge es schlecht, und nach dieser Schilderung schien mir Buz nur noch mit Spinnweben ans irdische Dasein befestigt, so daß ich mich beim Lesen wie gelähmt fühlte. Ich verwandelte mich in ein unverrückbares Sofa, das einfach nur so herumsteht, und beim nächsten Sperrmüll entsorgt werden soll.

Über meinen Besuch bei der frisch gebackenen Wittib Frau Reimer, schrieb Rehlein: „Du treue Seele!"

Jetzt hätte ich Rehlein schreiben sollen: „Es geschah nicht aus Treue, sondern aus Sensationsdurst!"

Nach über 50 Jahren kann man die Reimers nur noch als eheliche Einheit betrachten, so wie beispielsweise die Suvelacks in Münster, die man einzeln auf der Straße vielleicht gar nicht wiedererkennen würde.

Und nun ist von der Reimerschen ehelichen Einheit nur noch eine vereinzelte Hälfte da.

Abends kehrten die Kinder heim, und die Alya sehnte sich nach einem kühlen und labenden Joghurt, den allerdings der Yussuf zuvor einfach aufgelöffelt hatte, so daß das Alyalein nach Art einer zänkisch veranlagten Ehefrau verärgert los nörgelte.

Wieder zeigte sich Alyas Neigung, sich ziel-,sinn- und planlos durchs Leben treiben zu lassen, wie jemand, der eigentlich in Afrika auf den Palmen sitzen und Bananen essen sollte.

Ich dachte an Henrike Schemmer, eine Dame, die in den unschönen Verdacht geriet, mitten in der Nacht ganz spontan von Lingen nach Koblenz gefahren zu sein, um ihre steinreichen Schwiegereltern zu ermorden. Sie wollte ihren, in einer prekären finanziellen Lage steckenden Ehemann von seinen Sorgen befreien, und das Erbe vielleicht ein klitzekleines bißchen früher einstreichen, als es von der Natur vorgesehen war.

Im Prozess wurde ruchsam, daß sie einst mit der Nachbarin bis um halb zehn in der Nacht Kaffee getrunken habe, und dies sei gar die Norm gewesen!

Und das Alyalein pflegt nach der Schule erstmal fünf Stunden lang bei der Yasemin abzulungern – und nun setzte sie ihren Müßiggang daheim auch noch fort! Sie schickte mir eine Freundschaftsanfrage per Facebook, und „studierte" die stupiden Dürrzeiler und Buchstaben-Bandwürmer die sich dort immer bilden.

Und dann schwang sie sich zu später Stund´ noch auf, um Joghurt zu kaufen.

Als die Hilde zu noch späterer Stund von der Klavierstundennachtschicht heimkehrte, hatte es sich der Junghausherr Yussuf vor dem Bildschirm bequem gemacht, und bestaunte ein Girli bei ihren Schlagergesängen.

„Oh nein! Nicht noch mehr Lärm!" mag die Hilde gedacht haben, aber wie will sich eine welkende Mutti gegen einen testosteronbefüllten jungen Herrn durchsetzen, der sich womöglich als erster Mann im Lande fühlt?

Doch das Yüsslein ist zum Glück ein ganz Lieber, und überließ den beiden Klatschbasen (uns) kampflos das Feld.

Ich erzählte der Hilde vom Marius, denn während das Yüsslein unentwegt telefonierte, und man sich wirklich fragen mußte, was ein verlegener Jüngling da wohl alles zu erzählen habe? telefoniert der gestörte Einzelgänger Marius nie, weil er ja keine Freunde hat. Und die Hilde meinte, daß selbst der Yussuf, der ein sehr sonniger, herzlicher und zugewandter Mensch ist, mit dem man sich sehr leicht befreunden kann, um Typen dieser Art einen Bogen zu machen pflege.

Donnerstag, 28. Oktober
Stuttgart – Lauterbach

Nach grauem Beginn
wurde es ab dem frühen Nachmittag wunderschön

Die fleißige Hilde ist immer dabei, irgendetwas zu falten und zu machen.
Ich stieg in meine luftige Sultanshose, die nur darauf zu warten schien, meinen Po derart zart zu umhüllen, daß ich gar nicht bemerke, daß ich überhaupt Beinkleider trage..
Hilke und ich schickten uns an, die Bäckerei zu besuchen.
Vor der Kiosk-Ampel am Bahnübergang erkannte Mutti Hilde zwei Girlis von unterschiedlich ausgeprägter Höhe bereits von hinten.
Zwei Freundinnen vom Alyalein: Celine und Lucia.
Das etwas kürzere Mädchen hatte einen unsteten, flackernden Blick, während das Längere wie ein dumpfes Mondkalb daneben stand.
Man führte einen gelben Hund Gassi, und dieser gelbe Hund war in einen noch gelberen Hundehaufen gestiegen, wie man jetzt mit Schrecken und Grausen an seiner Pfote sah. Doch den Hund schien´s nicht weiter zu genieren.

In der Bäckerei kauften wir eine Seele*, ferner ein Schoko-Croissant für die Hilde, und für die mürrische und morgenmuffelige Alya, und den angenehmen und verträglichen Yussuf je eine Brezen.

* köstliches längliches Brötchen

Wilfried Kretschmann im Krankenhaus!
vermeldete die BILD-Zeitung auf einem Reiter in neutralem Vermeldungsgebaren über den Grünenpolitiker.

Auf dem Heimweg über den stoppeligen Grashügel erzählte die Hilde aus ihrer Kindheit:

Man wohnte in einem dunklen häßlichen Haus in Solingen, und die vier Geschwister lebten einfach so nebeneinander her, und hatten rein gar nichts miteinander zu tun.

Ein Jeder lebte *sein* Leben, und nahm den anderen überhaupt nicht wahr. Man grüßte nicht einmal im Vorübergehen.

Es ging zu wie in einem anonymen Hochhaus in einer Millionenmetropole, wo sich die Menschen in Schmeißfliegen zu verwandeln scheinen.

Die Hedi war Mutti Ursulas Schätzelchen – ein süßes kleines Schoßkind, das die Mutti sich gegen die Leere in ihrem Leben nochmals extra angeschafft hatte, nachdem man doch übereingekommen war, die Familienplanung sei nun abgeschlossen.

Und die Hilde wiederum war ein Kind, welches von ihrer eigenen Mutti nicht leiden gekonnt wurde.
Wir hatten den Hügel bezwungen.
Das sahneweiße Mietshaus, in dem die Hilde mit ihren beiden Kindern lebt – ein farblich wohltuender Kontrast zu dem dunklen Haus in Solingen, an das man keine schönen Erinnerungen hat, - schob sich nun in unser Blickfeld zurück. Die letzten Meter legten wir in fahlbräunlicher Wetterlage zurück - durch hochverdörrtes Herbstlaub.

Dann wurde gefrühstückt.
Die Alya erzählte, daß ihr die Celine so leid tät:
Ihr ganzes Leben lang hatte sie geglaubt, ihr Vater sei ihr Vater, und nun stellte sich heraus, daß er ja doch nicht ihr Vater ist. Aber eigentlich hatte man sich ja auch noch nie mit ihm verstanden.
Zwei, ihr bisher unbekannte Halbschwestern hat die Celine auch noch, und diese fand sie nach langem Suchen grad dort wo sie hingehören: Bei Facebook.
Mutti Hilde durfte von ihrer Abstammung berichten, und es stellte sich heraus, daß sie aus fünf verschiedenen Nationen zusammengemixt ist.
„Eine Promenadenmischung!" wie man sich leicht unpassend, und doch lachend vergnügte:
Von Seiten ihres Vaters halb ostfriesisch und halb schweizerisch, und von der Mutti her: Halb

ostpreußisch, *ein* viertel aus der Eifel stammend, und ein Viertel vergessen.

„Hä?!?" sagte das Alyalein, „mein Papa stammt aus dem *Senegal!*" Doch dann lachte sie, denn sie hatte verstanden: „Omar stammt aus der Eifel!"

Das Loch auf der Gesäßregion auf Alyas hautengen Leggins war, wie schon zu erahnen gewesen, heut grad mehr als doppelt so groß wie gestern, als es noch pünktchenklein war.

Wir lasen einen ZEIT-Artikel von Wolfram Goertz über den Wunderpianisten Daniil Trifonov, der von der Hilde wiederum gar nicht sooo besonders gefunden wird.

Einen Satz des weltfern wirkenden Jungstars, der womöglich auch noch das Asperger-Syndrom hat, schöpfte der baffe Wolfram Goertz mit der goldenen Schöpfkelle aus trübem Gewässer.

„Ich rede nicht über die politische Lage. Das ist nicht Aufgabe von uns Musikern!"

Doch dies sagte er nur aus jenem Grunde, weil er mit dem Putin-Anhänger, sprrich dem Dirigenten Gergiev noch etwas vorhat, und sich nicht durch unüberlegte Äußerungen einen Ast an seiner musikalischen Laufbahn abknicken möchte.

Martha Argerich habe über ihn gesagt, so etwas hätte sie noch nie gehört. Worte, die man aber über praktisch alles machen kann, das man noch nie gehört hat.

„Was sagen Sie zum Pianisten Trifinov?"

„Noch nie gehört!"

Das Alyalein hatte in der Nacht ihren dicken Onkel an der Wand angeschrammt, so daß er jetzt schmerzte und blau angelaufen war, und nun versuchte die Alya ihre Mutti dazu weichzuklopfen, für die nächsten Tage einer Aushäusigkeitsübernachtung zuzustimmen.
„Dafür brauchst du fünf Punkte!" antwortete ich für die Hilde, in deren Kopf es fieberhaft arbeitete: *Ist sie nicht zu jung für dererlei??! – Und bei WEM will sie wohl übernachten? (Bangigkeitssmilie). Dem Mathematiklehrer, oder wie?*
„Drei Stunden lang keine Widerworte zu geben ergibt *einen* Punkt!" fuhr ich fort.
„Genügt nicht auch ein lieber Blick?!" half das Yüsslein etwas nach, weil er sich nicht vorstellen kann, daß die Alya drei Stunden am Stück keine Widerworte gibt.
Dann räumte der Yussuf ohne zu murren und zu knurren den Frühstückstisch ab, da die Hilde wegen ihrer Rückenschmerzen zur Rückengymnastik strebte, und die Alya damit fortfuhr, ihre wertvolle Jugendzeit sinnlos zu vertrödeln. Sie saß auf dem silbernen Gymnastikball XXL, die langen Käsefüße auf meine Matratze gestemmt, und später mit dem Smartphon, und Stöpseln im Ohr im Eck.

Wieder in Lauterbach:

Der Marius brachte mir seine epischen Ergüsse zur Begutachtung:
Todesangst 5 – die Rachejagd.
„Höchst spannend!" stand da klein, so jedoch wohlplaziert unter schaurigen Bildern zu lesen, die der Marius aus dem Internet hochgeladen hat. Eine Feuersbrunst, und ein verunfalltes Polizeiauto das auf dem Kopfe lag.
Eifrig begann ich zu lesen, und flocht immer wieder ein, wie das wohl sei, wenn ich mich nachher bei der Sabine verspäten würde?
„Tut mir leid. Ich habe mich an einem Horror-Schmöker festgelesen, den man einfach nicht mehr aus der Hand legen konnte!" könnte ich ja sagen.

Ich fuhr in wunderschönem Wild-West-Wetter durch den leuchtenden Herbst, Hügel und Gebirge, - doch die Straße nach Schramberg war gesperrt.

In Schramberg:
Trotz des Sonnenscheins war´s kalt, und zwiefach mußte ich den Klingelknopf mit der Aufschrift „Sabine" betätigen, bis ich endlich willkommen geheißen wurde.
Auf einem großformatigen Foto an der Wand sah man u.a. Sabines 90-jährige Mutti, die gottlob noch völlig in Schuß sei.
Und während wir noch verbindend darüber sprachen, daß dies keine Selbstverständlichkeit sei,

in solch hohem Alter noch völlig in Schuß zu sein, schrillte das Telefon.
Sabines Bruder Konrad!
Die Sabine sprach Reise-Empfehlungen aus, da der Konrad eine Reise mit seiner Familie plante. Schottland oder Norwegen, auf den Spuren von Edvard Grieg, dem Leib- und Magenkomponisten der Familie, über den die hochromantische Sabine schon viele Vorträge gehalten hat.

Abends bei Katharina und Marius

Der Marius drehte einen Film mit uns:
„Die freche Käuferin".
Und grad so, wie der kleine Matthias (ein blutjunger, bei „Jugend komponiert" preisgekrönter Komponist) einst geprobt hat - (alle zwei Töne lang wedelte er ab, und sagte mit seinem hellen Kinderstimmchen schwäbisch eingetönt: „Schdobb!") - kehrte der Marius etwas übertrieben den pingeligen Perfektionisten hervor, der nie zufrieden ist, und kein Ende findet…
Hernach durfte ich die Briefe der Kandidaten lesen, die sich auf Katharinas Anzeige hin im Schwarzwälder Boten gemeldet, und je ein Foto beigelegt hatten. Die meisten waren leider häßlich, so daß man sich nicht wundern darf, daß sie bislang keine Frau gefunden haben, und ein Herr

namens Ralf hatte gar einen verbitterten Zug um den Mund.

Der Marius fluchte laut und unflätig herum, weil sein Läptop nicht reagierte.

Zu später Stund fuhren Katharina und ich durch hauchigsten Nebel zu einem griechischen Lokal auf einer stillen Spielspelunkeninsel im Straßengewirr. Dort war´s nett, und ich fühlte mich wohlig geborgen.

Doch die Freude währte nur kurz, denn auf Katharinas Smartphon hatte sich eine ungute Mail angesogen: Der Bert schrieb der Katharina wachrüttelnd, über Marius´ inakzeptable Art, bei den Nachhilfestunden in Mathematik seiner Langeweile Ausdruck zu verleihen!

Er gähne mitten in die Ausführungen hinein, und dem Bert wäre es lieber, er würde sich beim Gähnen etwas zur Seite neigen, und die Hand vor den Mund halten.

Dann aber wurden wir wieder lustig, und spielten spaßhaft durch, wie sich Katharinas Treffen mit den vereinzelten Herren wohl so abspielen könnten, und ich miemte den Zahnarzt aus Freudenstadt, der ganz lang an seinem Smartphon rumkrispelt.

„Einen Zahnarzt würde ich niemals nehmen!" sagte ich dann jäh, da ich diesen Beruf einfach nur

ekelhaft finde. „Allein das Tönen des Bohrers!!"
schauderte ich mich.
Dann fuhren wir wieder heim, auch wenn die Katharina leicht beduselt schien.
Wir fuhren durch die feuchtbehauchte kalte Nacht.

Daheim kam dann noch ein unbequemer Kontrollanruf vom Antonio, der leider schrecklich eifersüchtig sei.

Mittwoch, 29. Oktober 2014
Lauterbach

Nach grauem Beginn
wurde es bald wieder schön sonnig.
Zarte schwebende Wolkenmuster.
Zu vorgerückter Stund´ zeigte sich
die Mondsichel zwischen kleinen Wolkeninseln

Das Sofa, auf dem ich nächtigte, war mir eine Spur zu kurz, d.h., man mußte die Zehen leicht einrollen, und vielleicht das Haupt ganz leicht abknicken, dann passte es.
Schließlich hatte sich aber der Tag, und mit ihm die kurzzeitig hinweggerollten Sorgen, wieder entrollt.

Heut vor einem Monat hub der vorletzte Tag im Leben von Herrn Reimer an.
Womöglich war man soeben aus Sizilien zurückgekehrt, und hatte die Köffer ausgepackt.
Doch jenen von Herrn Reimer hätte man grad eingepackt lassen können, denn schon am späten Abend des nächsten Tages gegen 22:42 erklomm der Gevatter Tod die Stiegen zu dem riesenhaften, unnatürlich großen Bauernhof, und auch wenn mich der frühe Exitus des Verblichenen mit nichts als dumpfem Gleichmut erfüllt, so ist seither nicht eine Sekunde vergangen, in der ich nicht darüber nachgedacht hätte.

Der Katharina ist so sehr daran gelegen, daß der Marius auf die Konfi-Freizeit geht. Sie wünscht sich so glühend ein Freiatmen von dem undankbaren, pubertären Jüngling, und daß sich der Psychiater Andreesen *gegen* die Konfi-Freizeit ausgesprochen hat, hat der durchatmungsreifen Katharina schier den Boden unter den Füßen hinweggezogen.
Der Marius soll verdammt noch mal lernen, daß man sich im Leben nicht vor *Allem* drücken darf! „Sonscht gibt´s koi Konfirmation, und die tausend €uro sind au g´strichö!" versuchte die Katharina mit fauchenden Worten und flügelschlackerischem Gebaren wachrüttelnd auf den Stubenhocker einzuwirken, und auch der Pfarrer Wachlin habe

am Telefon mit Engelszungen auf den bockig Pubertierenden eingeschwatzt.

Doch möchtest DU denn zum Konfitreff??

„Was einen dort wohl erwarte?" interessierte ich mich.
Eine Wanderung, Picknicken, Bibelarbeit, schwimmen gehen, abends Gesänge mit Klampfenuntermalung, und vieles mehr!
Mutti Katharina hatte eine Liste mit zu Bedenkendem bzw. zu Packendem bekommen, und packte dem Herrn Sohn nun seinen Rucksack, *obwohl* sie gesundheitlich doch so angeknackst war.
„Wöwöwö!" Pubertäres Genörgel statt Dank, und die Katharina kann´s kaum erwarten, ihn symbolisch gesprochen in eine Kiste zu stopfen, den Deckel ganz fest zuzuschrauben, ein paar Luftlöcher hineinzubohren, und diese Kiste auf Nimmerwiedersehen über den großen Teich nach Australien zu schicken.

Ich erbot mich, den Marius nach Schiltach zu bringen, wo die ganzen Firmlinge vor der Kirche auf den Bus warten sollten.

Im Auto bescherzte ich den jungen Firmling damit, daß ich ihn doch jetzt ganz woanders hinbringen könne? Ich hänge ihm einen Brief um den Hals, und auf diesem Brief steht in saurer Frauenschrift geschrieben: ***Jetzt kümmere Du Dich bitte um ihn!*** Dann stelle ich ihn einfach vor irgendeinem Hause ab, klingele, und fahre rasch weiter.

Am Bushäusl an der Kirche tümmelten sich ein paar bebrillte und farblose junge Mädchen, und ich bewunk den kleinen, rucksackbehangenen Marius ein letztes Mal.

Wieder „daheim":
Als ich meinem Auto entstieg, sah ich den braven Nachbarn aus dem grauen Haus nebenan zur Arbeit streben, *und stellte mir vor, wie sich die Katharina splitternackt ans Fenster stellt, und den zur Arbeit strebenden Herrn mit einer vielversprechenden anmutigen Geste auf seinem Wege aufhalten, und herbei zu locken sucht.*
Ganz verstört klingelt der Herr somit an der Türe, doch die Katharina wirft sich rasch einen Bademantel über, und empfängt ihn lediglich mit fragend, befremdeter Miene, so daß der Nachbar beschämt wieder abzieht.
Doch kaum biegt er erneut ums Eck, da steht sie ja schon wieder nackt mit lockender Handbewegung am Fenster.

Daheim lag die Katharina in ihrem Bett und versuchte vor sich hinzugesunden, während für mich bereits die Probe bei der Sabine anstand.
Die Katharina telefonierte mit der Heilpraktikerin, und hernach mit ihrer gütigen, alles verstehenden und alles verzeihenden Mutti, um sich Ratschläge für den Fortgang des Lebens einzuholen…

Die Sabine hatte heut sturmfrei.
Mann und Sohn waren aushäusig, so daß man sich lustvoll von ihnen freiatmen konnte.
Zunächst bekam ich einen wohltuenden Tee serviert, und die Sabine erzählte von Franziska W.

meiner ehemaligen Nachbarin in Trossingen – einer Dame mit Haaren auf den Zähnen.

Früher habe sie im Stockwerk über der Sabine gelebt, und immer so gestört! Sie fitschelte die „verkaufte Braut" auf der Bratsche, dann hörte man sie laut pullern und hinabspülen, ihre Schritte polterten ungestüm über die Dielen, und schon fitschelte sie weiter.

Einmal stürmte Sabines, vom vielen Lärm sauertöpfisch gestimmter heutiger Ehemann und damaliger Freund Andreas die oberen Gemächer und zeterte los: „Ich schlage dir die Bratsche über dem Kopf zusammen, wenn du noch einmal vor neun Uhr losbratschst!" Dann war Ruhe – und vor zwei Jahren traf man die Franziska auf einem Ehemaligen-Treff wieder. Sie sprang auf Sabine und Andreas zu, umarmte beide herzlich, und sagte lachend: „Ich bin die, die Euch früher immer so gestört hat!"

Auch hier brachte ich den Exitus von Herrn Reimer an, doch niemand trauert um den Verblichenen.

„So alt war der doch gar nicht!" heißt´s gelegentlich überrascht. So auch hier in Schramberg, wo ich mich soeben über eine Stubenfliege wunderte:

Daß die ausgerechnet in Schramberg lebt, wo doch die Welt drum herum so riesig ist!

Früher hat die Sabine zuweilen in den Gesangsstunden bei Frau Reimer am Klavier korrepetiert, doch es sei furchtbar gewesen.
„Warum?"
„Weil sie den Mädles immer so persönlich, geradezu übergriffig kam…" Sie behandelte alle so übertrieben mütterlich, kehrte die Glucke hervor, und war immer sehr besorgt.
Ob sie die Sabine am Klavier jedoch überhaupt wahrgenommen habe, oder aber hinterher nicht hätte sagen können, ob da nun ein Herr oder eine Dame am Klavier gesessen sei?
„Ich glaube eher Letzschteres!" sagte die Sabine mit einem belustigten Auflachen.
Ob ich ein enges Verhältnis zu den Reimers gehabt hätte? „Mehr als das!" sagte ich mit einer gewissen Inbrunst. [„Herr Reimer und ich waren verliebt ineinander, doch das Glück währte nur einen Sommer lang, und wenig später wurde er psychisch schwer krank."]← Dies hätte man mal sagen sollen, doch ich sagte es nicht.
Einem plätschernden Gespräch wäre eine völlig überraschende, elektrisierende Wendung verpasst worden.
„Grad wie in einem guten Roman," dachte ich den unausgesprochen gebliebenen Worten, die sich in den Lüften bereits wieder verflüchtigten, wie einer verpassten Chance hinterher.

Die Sabine erzählte mir, wie sie sich mit ihrem Andreas in jungen Jahren doch sehr oft gezofft habe. Der sei´s von Haus aus nicht anders gewöhnt, während *ihre* Eltern nie gestritten haben, und ein liebevolles, höfliches und respektvolles Miteinander in ihrem Elternhaus oberstes Gebot war.

„Da haben wir nun eine Übanzahlung geleistet!" sagte ich fröhlich nach dem ersten Satz der Grieg-Sonate.
Wir hatten bereits eine Stunde und eine Minute Schuftzeit auf dem Konto, und plötzlich merkte ich, daß es für eine zweite Übschicht schon viel zu spät war. Dazwischen war nämlich noch ein sog. „zweites Frühstück" serviert worden: Mit köstlichem Dreiecksbrot und wunderbarer selbstgemachter Marmelade, und einem himmlischen Apfel, aufgelesen bei einem Ausflug im Raum Nagold. Für all dies bedankte ich mich, während wir die Wendeltreppe mit den luftigen Zwischenräumen aus dem Kellergewinde wieder emporstiegen.
„Brausch di net für alles einzeln zu bedankö!" brummte die Sabine mit ihrem goldenen Herzen auf Kinzigtaler Art.

Daheim bei der Katharina war ein Gast aus Trossingen zu Besuch: Susanne S., eine junggebliebe Frau mit länglich grauer Dachfrisur, einem leicht vogeligen Näslein, und einem ganz lieben Lächeln. Jemand aus meiner Vergangenheit, so jedoch nicht Susanne Sigg, ← eine Geigerin, die wegen ihrem innigen und ehrlichen Spiel von Buzen sehr gemocht wurde, und auf die ich doch in Vorfreude bereits eingestimmt gewesen war.

Man saß beim Tee zu Tisch, über dem nun das Singsang eines von verbindendem Eifer geprägten Kollegengesprächs tönte:

Ich sog folgendes Wissen aus diesem Gespräch:
Susanne, geb. am 16.1.1964 hatte einst große Probleme mit ihrer Violinlehrerin Frau Pahl, die es ihr verübelte, daß sie ihr in violintechnischen Dingen zuweilen widersprochen hat.

Buzesgleich macht sich die Susanne viele Gedanken über die Bewegungsabläufe im Violinspiel.

Doch bald schon trieben die Gespräche vom Fachlichen hinweg, und wurden persönlicher und interessanter.

Verheiratet ist die Susanne mit einem gewissen „Arne", der einem *eigentlich* ein Begriff sein sollte, dieweil er immer im Foyer der Musikhochschule herumlungerte und rauchte. Kein Student kam an dem Anblick, den er so bot, vorbei.

Seines Zeichens Hornist. Mit schwarzem, längerem Haar und einem John-Lennon-Zwicker auf dem leicht gebogenen und welligen Nasenrücken.

Interessiert erkundigte sich die Katharina, was er jetzt wohl so mache?

„Bißele was im Garten, viel vorm Computer abhängö, nix wegräumö"…

Das Paar lebt in Nürtingen und hat drei Kinder: Kathrin, Lucas und Johanna, und bloß die 18-jährige Johanna macht irgendwie gar nichts. Sie schläft bis Mittags um zwölf, und scheint keine greifbaren Ziele zu verfolgen, während ihre Altersgenossen doch alle emsig und voller Eifer für irgendwelche Aufnahmeprüfungen büffeln, und aus dem Nest hinwegstreben, um zu neuen und aufregenderen Ufern aufzubrechen.

„Wartesch du auf deinen Märchenprinzen, oder wie??" barscht da Mutti Susanne zuweilen nicht ohne Unterton, wenn sie gegen zwölf Uhr das Zimmer der Faulen stürmt, und in zackiger Unwirsche die Jalousien emporzieht. Davon wird die Johanna dann stocksauer, denn ob sie nun auf ihren Märchenprinzen wartet oder nicht, ist doch wohl *ihre* Angelegenheit?!

Die Katharina erzählte, daß sie sich mit Männern trifft, und dies, nachdem sie mich über dies fesselnde Thema doch zum Stillschweigen verdonnert hatte!

„In-dis-ku-ta-bel!!" rief sie mit Inbrunst über die vier letzten Kandidaten aus, und schob ihrem Gegenüber einen Zettel mit einer Fotografie zu.

„Wie finsch *den*?"

Doch die Susanne schaute kaum auf den Zettel drauf, und das, wo man doch zumindest hätte überlegen können, ob man als Frau von diesen Lippen geküsst werden möchte oder nicht?
„Nein. Du sollsch dich lieber um dein Kind kümmern!" sagte sie stattdessen singend-verklärt und etwas fern.
Nach einer Weile gingen die beiden Damen spazieren. Ich nutzte die Zeit, um auf meiner Violine zu üben, und nach einer weiteren Weile kehrten die beiden Damen wieder zurück.
Die Susanne war gekommen, und ging nicht mehr. Die Katharina retirierte sich zehn Minuten lang ins Bett, und die Susanne blieb beim Kaffee sitzen, und mich strengte der Sing-Sang der völlig unergiebigen Konversation plötzlich so an.
„..und du bisch jetzt hauptsächlich im hohen Norden?"
Ich wünschte, die Susanne würde endlich gehen, doch dies dauerte noch schrecklich lang…
„Nett!" sagte die Katharina liebevoll über den schwindenen Gast, doch später erfuhr ich, daß ihr der Besuch auch eine Spur zu lang gewesen sei.

Abends saßen Mutti Katharina und ich vor dem Televisor und waren je müd. Man schaute auf Claus Kleber mit seinem schiefen Gesicht drauf, wie er so neben dem riesigen Erdball stand, und von den Schrecken des Tages berichtete.

Ich: „Da sieht man erst, wie groß die Erde ist!" und dann erzählte ich noch, ohne drum gefragt worden zu sein, daß mein Onkel Hartmut diesen Menschen von ganzem Herzen nicht leiden könne.
Die füllige Gebärdendolmetscherin wirkte so lebhaft.
Wir schalteten um, und bei Bibel-TV sang eine Sängerin ganz hohle Gesänge, die sich leicht imitieren und nachsingen ließen, und darüber lachte die müde Katharina.
Bei *Stern*-TV waren denen ein bißchen die Themen ausgegangen, indem diejenigen, die jetzt geboten wurden, vielleicht nicht sooo besonders interessant waren? Z.B. wurde wild über ein Thema diskutert, dessen Empörungsgrad sich mir gar nicht so richtig erschloss: Daß Privatpatienten immer viel schneller einen Termin bekommen.
Ein Diskutant, der ständig ausrief: „Jetzt lassen Sie mich doch bitte *einmal* ausreden!" sah etwas vogelscheuchelig aus, und ich hatte weder Kraft noch Interesse, auf Inhalt bzw. den Klugheitsgrad seiner Worte zu achten.

Donnerstag, 30. Oktober
Lauterbach

Eher lichtgrau. Mittags und abends leicht sonnig

Ich erwachte in stille Gräue, und man wagt ja kaum nachzusehen, wie spät es ist?
Gestern war ich so matt & müd ins Bett gestiegen, hoffend, die Nacht möge niemals enden, und tatsächlich hatte es sich so angefühlt, als <u>würde</u> sie niemals enden. Doch nun war sie ja doch vorbei.
Die Katharina lag ganz verunschärft in ihrem Bette, so daß ich sie fast nicht gesehen hätte. Nun aber, da sie mir aus ihren Kissen einen frohen Morgengruß entgegengebellt hatte, sah ich ihre Konturen ja doch schimmern.
„Du sag mal, darf ich dir mal eine Frage stellen? – s´isch aber eine ganz persönliche Frage!" sagte sie.
Dies hörte ich bei einem Gang ins Bad, und sah dazu mein Gesicht im Spiegel an. Und wem krampft sich bei Einleitungen dieser Art nicht leicht süßlich das Herz zusammen, denn was kommt jetzt?
„Ach ne! War blöd!"
Jetzt war ich allerdings doch gespannt, und erwartete etwas in jener Art, ob ich wohl mit Herrn Reimer ein bis zweimal in die Kiste gehupft bin??

„Nein! Um Gotteswillen – wo denkst du hin? Er war doch in festen Händen, und ich bin doch wohl keine Hilde!?!" lag die Antwort bereits ausspruchsbereit auf meiner Zunge, und zum Spaß stellte ich mir die Antwort einer normalen schwäbischen ehem. Studentin wie Susanne S. vor: *„In d´Kischd direkt net...."*

Es war aber bloß so, daß Susanne S. beim Spaziergang gestern von ihrem fremdgehenden Ehemann Arne berichtet hatte, und die Katharina gern gewusst hätt, wie ich wohl zu diesem pikanten Thema stehe?

Die arme Susanne leide schrecklich darunter. Eifersucht ohne Ende, – aber auf die Idee, den Arne zu verlassen, sei sie noch nicht gekommen.

Und als der Antonio die Katharina damals betrogen hat, da hat sie im erschten Impuls gedacht, sie könne ihm vergeben.

Doch als er sich dann am Strand in einen Teufel verwandelt hatte?

Die persönliche Frage zielte darauf hin, warum es wohl Frauen gibt, die bei ihrem Mann bleiben, und andere, die knallhart sagöt: „Tschüß! Das war´s dann jetzt mit uns!"

Ich war der Meinung, daß Fremdgehen lang nicht so schlimm sei, wie Sauertöpfischkeit, und kurz nach diesem gefallenen Satz fuhr ich dann zur Bäckerei, entschlossen, den Sack mit den verbliebenen glitzernden Minuten gut in Händen zu halten.

Wir frühstückten:
Immer wieder sprechen wir darüber, daß sich die Katharina einen neuen Partner wünscht. Manchmal ist sie ein wenig traurig, weil sie denken muß, daß sie den Männern nicht mehr gefällt, weil sie zu dick sei?
Dann wiederum regte sie sich über unqualifizierte Bemerkungen anderer auf, die einfach unreflektierte Dinge sagen, wie beispielsweise: „Jetzt bloibsch erschdmal daheim, und kümmersch dich um deinen Sohn!"
Dies sagte auch die Heilpraktikerin, und... „die leböt doch alle in einer intakten Beziehung, und könnöt da gar net mitredö!" sagte die Katharina niedergeschlagen.
Die Rede wurde auf den Marius geschwenkt, d.h. es war wohl eher so, als lenke man den Lichtkegel der Psychologate auf den Marius, nachdem ich soeben liebevoll darüber gesprochen habe, wie entzückend der kleine Lion sei. Neben dem Entzückenden wirkte der kleine Marius wie ein einsames, gerupftes kleines Vögelchen im Schatten der strahlenden Büste eines glanzvollen, mit bewundernden und verzückten Worten behauchten Jemanden, so daß man den Marius nun mit passenden Worten so zurechtzausen mußte, daß er

im Schatten dieses Jemandenen zumindest nicht unangenehm auffallen sollte.

„Der Marius paßt zu niemandem!" meinte ich, und nach nur einem Tag, wo man sich von ihm freiatmen konnte, gibt Mutti Katharina dies nun doch einen Stich.

Die Katharina meinte: „Von mir aus kann er gerne Gabelstaplerfahrer werden!"

Und ich erinnerte daran, wie der Marius auf das Deckblatt von seinem Buch geschrieben hat: „Höchst spannend!"

Am Nachmittag besuchte ich die Sabine um zu proben:

Gleich nach der Begrüßung brachte ich etwas an, was ich mir vorgenommen hatte: Der Sabine zu sagen, daß ich glaube, sie hätte ein Herz aus purem Gold.

Sabines Leben hatte einen leichten Aufwind erfahren, nachdem sie gestern abend so nette Leute kennengelernt hatte: Genaugenommen war´s aber nur ein einzelner Arzt, der nun in Form einer kleinen Visitenkarte in Sabines so üppigem Terminkalender pappte.

In der Küche duftete es so wunderbar nach kandiertem Ingwer.

In einer Übpause besuchten wir den „Manfred", einen förmlichen und spröden Autospezialisten,

dem die Sabine ihr Auto brachte, Doch ob der Manfred so förmlich und spröd geblieben wäre, wenn die Katharina mit ihrer magischen Sogwirkung auf Herren dabeigewesen wäre?
Hernach liefen wir in bleicher Wetterlage heim. Vorbei am Gasthaus „Löwen" mit seinen drei Sternen, das von dem Ehepaar jedoch als „nicht so besonders" empfunden wird.
Ich erfuhr, daß Sabines Schwiemu leider dement geworden sei.

Daheim sprachen wir noch über das riesengroße Seerosenbild von Monet, das bei denen an der Wand hängt. Sabines 17-jähriger Sohn Marco habe bereits vorgeschlagen, es irgendwann einmal wieder abzuhängen, weil es einfach zu viel Raum einnimmt, und ich mußte ja lachen bei der Vorstellung, *daß man dort wo einst das Bild hing, nun ein quadratisches Fenster in die kahlgehangene Wand neben der Frühstückstafel sägt.*
„Was wird jetzt fei dös??" sagt die Nachbarin, auf die man nun immer draufblicken muß.
Das Verhältnis zu den Nachbarn sei besser geworden, erläuterte mir die Sabine auf eine Weise, als handele es sich dabei um etwas Fachliches. Seitdem die sich auch einen Wohnwagen gekauft haben, so daß man nun mit dem Andreas über den Wohnwagen, und eventuelle Reiseziele fachsimpeln kann.

Ich erfuhr, daß die Veranstalterin von Bad Wildbad ein Gedöns veranstaltet hatte! Es sei eine groooße Konzertreihe! Gründlichscht, und voller Zweifel habe sie meine Webseite studiert.
„Wildbad bleibt Wildbad!" lachte die Sabine.

Abends bei der Katharina:
Ich schlug vor, die hübsche Nicole, und hernach Frau Reimer zu besuchen, und da sagte die Katharina so köstlich: *Ihr* könne man doch jetzt die Briefe von den Kandidaten vom Schwarzwälder Boten bringen, damit *sie* sich nun mit denen treffen kann – jetzt wo ihr Jürgen verstorben ist!"
Ich fand dies Gastgeschenk wenige Tage nach der Beerdigung höchst originell und ungewöhnlich. Die verschmust und umarmungsfreudig veranlagte Frau Reimer sehnt sich nach Liebe, und so wäre dieser Stapel doch tatsächlich ein wirklich schönes und passendes Geschenk?

Unser abendlicher Spaziergang führte uns in reizvolle Gegenden, wie beispielsweise ein schmales Sträßle, - auf einer Seite mit Apfelbäumchen gesäumt, und auf der anderen sich leicht hangabwärts in eine Wiese ergießend. Man blickte auf grasende Kühen drauf. Ich zupfte mir einen Apfel ab, der aber leider mit dem Köstlichen von der Sabine nicht konkurrieren konnte, und so, wie viele Amerikaner gerne beim Beten für

abgetriebene Babys erschossen würden, so gefiel mir für einen kurzen Moment der Gedanke, beim Apfeldiebstahl erschossen zu werden.
Die Katharina erzählte mir, daß ihre Geschwister leider *keine* Freunde seien: Der Bruder negativ, die Schwester von oben herab.

Im Abenddämmer joggte ich.
Wieder schien mir der Apfelbaum bewacht zu werden, denn man sah zwei aus dem Gebüsch herabgewinkelte Beine, die in Schnürschuhen staken, hinter den Blättern hervorschimmern.
Doch beim näher Hoppeln bemerkte ich, daß es sich nur um einen zwielichten Jugendlichen handelte. *Wäre ja gelacht, wenn er der einsam vor sich hinhoppelnden, offensichtlich ihren Pfunden zu Leibe rückenden reifen Frau nicht hinterherrennen würde, um sie zu ermorden...*
Auf dem Heimweg sah es so schön aus, wie zu Rübezahls Zeiten auf dem Wege nach Böhmen.
Diesmal mopste ich zwei Äpfel, wozu man allerdings ziemlich schräg und steil, und vom Abrutschen bedroht, auf dem Schräghang stand.
Gegenüber vom Apfelbaum schaute man auf einen glitzernder Lichtergürtel, denn die Dunkelheit hatte eingesetzt.

Daheim war die Katharina ja doch nicht zum Vortrag über die Schüssler-Salze aufgebrochen.

„Wo isch mei Ina-Mädle?" rief ich beim Eintritt warm, um die einstigen Worte von Vati Guntram wieder zu neutralisieren. „Du bisch net mehr mei Ina-Mädle!" habe er gesagt, als sich die junge Katharina einst ihre Zöpfe hat abscheren lassen, weil sie ihr einfach nicht mehr zeitgemäß schienen.

Am Abend fand in der Kirche die Chorprobe, hauptsächlich mit lauter Damen statt, aber es hieß, der „Bert" käme auch. Doch es heißt auch, der Bert – zwar frei – sei nur an schlanken Frauen interessiert.
Katharinas Mutti Berta ist die Einzige, die der Katharina in ihrem Bestreben einen neuen Mann zu finden, den Rücken stärkt. Sie tut´s in jener Form, daß sie dafür betet. Mehr kann man als alte Frau leider nicht machen.
Die Katharina macht sich allerdings auch Gedanken: Wo soll ihr neuer Partner denn wohnen, und wo soll er sein Zeug hinstellen?
Ich riet, den Marius Ming & Julchen zur Adoption freizugeben, dann könne der neue Partner sich dort niederlassen.
Mit 13 Jahren sei man ja wohl noch formbar – aber leider nicht mehr lang.

Eine Chordame namens Gabi plabberte vor dem Auto so übertrieben intensiv auf die Katharina ein.

Die Katharina hatte eine kleine Nebenbaustelle ihres baustellenverrumpelten Lebens von Mutter zu Mutter thematisiert und ausgebreitet: Daß der Bert den Marius nicht mehr unterrichten möchte.
Dann sprach man übers Haarefärben und Aufzuchtsthemen. Die Gabi ist sehr quasselig veranlagt, und meinte, man könne im Leben höchstens drei Freundschaftö pfläägö.

Freitag, 31. Oktober
Lauterbach

Zwischen wolkenfetzenbesprenkelt und sonnig

Die Katharina liegt morgens immer ganz einsam in ihrem großen, doch wohl als Ehebett konzipierten Bette, und auf dem Wandbildschirm versuchte sich jemand als Schlagerstar. (Grauenhaft!)
Ich dachte an das Pröppilein, das gestern stolz wie Bolle „Abendessen!" gerufen habe, wie einer kleinen Mail Mings zu entnehmen gewesen war.

Noch am Vormittag rief der Alexander aus Rottweil an:
Ein Kandidat aus dem Schwarzwälder Boten, und das letzte heiße Eisen im Feuer, und nun hörte

man, wie die Katharina liebevoll den Weg zu ihrem Hause beschrieb, und morgen darf ich um zwei Uhr leider nicht dabei sein.
Doch in der Katharina knabberte es unaufhörlich: „Isch die Kika jetzt beleidigt?" bangte sie.
Wenn jetzt schon wieder nichts draus wird, dann will die Katharina bei der Suche nach dem Glück eine Pause einlegen, und zehn Kilo abnehmen.
Bei fast allen Herren hat sie das bekümmerliche Gefühl, daß die eigentlich lieber eine schlanke Frau hätten. Vielleicht solle sie in Zukunft lieber schreiben: „Häßliche 55-jährige, dick, mit grauem Haar und pubertierendem Sohn…" überlegte sie niedergeschlagen.
Dann gingen wir spazieren.
Leider sind die Häuser mit ihren strengen grauen oder blauzungenkrankheitsfarben getönten Dachfrisuren allesamt und ausnahmslos häßlich.
Der ganze weichgeschwungene Hügel ist damit verschandelt und verbaut, und an *einem* Haus hatte man allerdings den Mittelteil blassminzgrün getönt.
Die Katharina hat das Gefühl, daß der Nachbar ihr auf einmal sehr reserviert begegnet, da der andere Nachbar Müller vielleicht schlecht über sie geredet hat?
Wieder mopsten wir uns Äpfel, und sprachen über den Alexander, der ja in Freiburg Klavier studiert habe. Der Katharina gefällt die Idee, einen Lover

zu haben, mit dem man auch gemeinsam musizieren könnte.

„Nächste Woche spazierst du ja vielleicht schon mit dem Alexander hier herum?! Daaas wäre schön!" sagte ich freudig, denn da *muß* doch irgendwann mal was draus werdö!

Heute kam ich fast ein wenig zu früh in Schramberg an, doch die hochsensible Sabine hatte mich in ihrer Hochsensibilität bereits erspürt, und öffnete die Tür, ohne daß ich geschellt hatte.

Im Flur befindet sich noch immer die kleine Kindergarderobe – halb so hoch, wie's die Erwachsenengarderobe ist.

Doch inzwischen ist der Marco lang und erwachsen geworden, und Mutti Sabine meinte, jetzt könne er seine Jacke doch wohl ruhig oben hinhängen?

Doch der Marco möchte es nicht, da er eher unfroh über den Eintritt ins Erwachsenenleben ist, und seiner unbeschwerten Kindheit als Liebling der Familie hinterhertrauert.

In unserer Übpause gab's einen Espresso mit braunem Zucker, und hierzu sprachen wir über die Schwiemu.

Im Sommer mußte sich die Sabine leider so sehr um die Schwiemu kümmern, daß sie gar koi Zeit hatte, mal was Neues einzustudieren, geschweige denn, mal wieder einen Vortrag auszuarbeiten.

Das Dumme ist: Wenn man heiratet, dann heiratet man die Schwiemu gleich mit – ob man sie nun brauchen kann oder nicht.

„Aber dafür hat sie euch vielleicht bei der Aufzucht geholfen?"

„Nein, überhaupt nicht. Früher hat sie mich gehasst!" verriet die Sabine.

„Und warum?"

„Weil ich keine typische schwäbische Hausfrau war. Aber jetzt findet sie mich irgendwie toll!"

Hierzu lachte die Sabine nett.

In der Küche meinte die Sabine, daß sie nicht noch einmal 18 sein wolle – während mich dieser Gedanke doch regelrecht ansprang.

Nochmals 18 sein! (Wehmutssmilie)

Und ich konnte den Marco so gut verstehen…..

„Nochmals diesen ganzen Beziehungsscheiß mitmachö?" stöhnte die Sabine offenbar anstrengenden Jahren hinterher.

Vergebens begoogelten wir das Buch von Clara Schumanns Tochter über ihre verkorkste Kindheit, und lauschten bei dieser Gelegenheit auch dem Spiel des frisch gekürten Wunderpianisten Daniil Trifonov: Es erscholl ein wildromantisches, exaltiertes Tastenfeuerwerk, doch die Sabine fand es zu schnell.

Heute durfte ich mir eine CD mit Werken von Clara Schumann mitnehmen, da die wilde Hochromantik inzwischen Wurzeln in mir geschlagen hat, und sehr gut zu meinen Gefühlen paßt.

Der Katharina war ein geheimnisvolles Atemgerät zur Verbesserung der Gesundheit geliefert worden – 7000€ wert! Doch die Katharina hatte es ja nur ausgeborgt, und saß nun mit einem dünnen Schlauch in den Nüstern da, und wartete auf ihre Gesundheitsverbesserung.
Zuvor hatte die Katharina ganz üppig eingekauft: Z.B. Lachsfilets, und die sollte ich nun braten. Die Pfanne war noch von gestern ganz fettig, und der Kochtopf auch nicht ganz sauber. Überall schwirrten kleine Fruchtfliegen herum.

Ich beschwärmte die Sabine solcherart als habe man einen menschlichen Schatz gehoben. Ich hätte die frohstimmende Vermutung, sie habe ein Herz aus purem Gold, freute ich mich, und empfahl der Katharina, sich intensiver mit ihr zu befreunden, zumal die Damen ja Kolleginnen in der städtischen Musikschule sind.

Die Sabine sei sehr sensibel, hochromantisch, und alles was sie erzähle, sei interessant.
Und alles, was man dort zu essen bekäme sei köstlich, schwärmte ich weiter.
Dann wiederum modulierte ich zur Frauke hin, und zog eine gewisse Befriedigung daraus, Frauke-Briefe, freundlich und sonnig im Tonfall zwar, so doch mit Spitzen und Unterton, zu improvisieren.
Grundtenor: Man solle seine Fähigkeiten niemals überschätzen.
„Flieg nicht so hoch, mein kleiner Freund!" möchte mir die Frauke vermitteln.

Bald darauf gab es bei uns eine richtig schmackhafte Mahlzeit: Lachs und Rosenkohl, - und einen Mittagsgast hatten wir auch:
Die junge Großmutter „Agnes" (4 Jahre jünger als ich), die ich gestern im Schützenhof kennengelernt habe, als der Chor nach der Probe noch ein wenig „abhing".
Zuvor hatte ich den Stapel an Herrenbriefen rasch ins Schlafzimmer schaffen müssen, doch es dauerte nicht sehr lange, und die Katharina beplabberte den Gast selber über dies pikante Thema in ihrem Leben. Da erschrak die Agnes, als sie vernehmen mußte, daß die Katharina den Alexander hierher eingeladen habe. Sie kennt ihn doch überhaupt nicht! – und was, wenn sie ihn nicht mehr los wird, und hernach einen Stalker am Bein hat?

„Ich will dir ja keine Angst machen!" rief sie zwiefach.

Der Alexander schrieb: „Ich bin ehrlich, treu und zuverlässig!"

Bißl befremdlich fand ich das Bild, das ihn mit spießiger Frisur unter prallblauem Himmel zeigt.

„Mein Bild siehst du hier. Gefällt es Dir?" schreibt er.

Später erlaubte ich mir ein Späßle, und klebte ein Bild von einem Fußballstar aus der Hanuta-Packung darunter, und schrieb: „Mein Bild siehst Du hier. Gefalle ich Dir?"

Abends studierte ich einen Brief von Onkel Dölein gründlich und war gerührt. So schön und gefühlvoll hatte der Onkel selten geschrieben. Zuerst schrieb er, wie die Brünnerts, wennzwar schülerhaft, so doch immer noch regelmäßig sehr lieb und besorgt zu schreiben pflegen.

Die Katharina plante für den Abend einen Kinobesuch, doch dann marterte sie plötzlich das Gefühl, der Antonio habe eine Frau im Bett.
Fast wäre sie unangekündigt hingefahren, dann aber rief der unter Verdacht stehende selber an, zerstreute die Bedenken mit wohlgewählten Worten, indem er etwas von „viel Arbeit", und einer daraus resultierenden bleiernen Müdigkeit faselte, und so fuhr sie doch nicht hin.

Dreimal klingelten Halloween-Kinder z.T. in schauriger Kostümierung. Sie riefen: „Süßes! Sonst gibt´s Saures!" Doch die Katharina fand es eher lästig denn lustig.

Als die Katharina weg war, übte ich fleißig in ihrer Wohnung, die in beleuchtetem Zustand von außen wie ein Glaswürfel in der Nacht wirkt, und zu später Stund kehrte die Katharina sodann vom Kirchenkino zurück, und der Film sei ganz toll gewesen. Sie mußte allerdings sehr weinen, als sie die Landschaft von Kalabrien sah, weil dieser Anblick die unglückliche Liebe mit dem Antonio wieder aufkochen ließ.

Nun aber waren die Tränen versiegt, und es galt, sich Gedanken um Logistisches zu machen.
Morgen wollte der Alexander kommen, und so rief die Katharina beim Antonio an, um zu sagen, daß morgen der Marius wiederkäme, und er somit nicht zu kommen bräuche.
In Wahrheit plante sie allerdings einen Schnupperspaziergang mit dem Alexander – bloß, daß der Antonio auch oft im Walde herumläuft! ←wie sie nun jäh von einer gewissen Bänge bepustet wurde.
Die Katharina warf sich auf´s Bett, und schaltete den Televisor ein. Es lief das „Nachtcafé" mit einem bannenden Thema: Dem rätselhaften Verschwinden vom kleinen Felix Heger.

Nach all den Jahren ist der Großvater mit seiner grauen vogeligen Frisur noch immer fassungslos.

Die Katharina dämmerte zunächst hinweg, und ich schaute mit Liebe und Rührung auf das spitze Näslein das aus dem Deckengebräu und dem aparten Gesicht in die Höhe ragte, drauf. Dann öffnete die Katharina allerdings die Augen und fand, der Großvater übertreibe doch wohl ein wenig? Das Ganze ist Jahre her, und er tut so, als wenn es eben erst passiert sei? Irgendwann müsse man doch wohl mal einen Schlußstrich ziehen!

Jetzt aber wurde eine Seniorin mit bronzefarbener Frisur ins Blickfeld gerückt: Seit 14 Jahren wisse man, daß ihr hinzugehöriger Ehemann an einem Prostatakarzinom laboriert, und nie zuvor habe man so intensiv gelebt wie in diesen 14 Jahren. Jeder Tag sei ein Goddesgeschenk – Applaus! – und auch wenn Einzelne meinen: „Vor dieser Lebenseinstellung ziehe ich den Hut! – Chappeau!" so möchte man mit einer Dame mit dieser Lebenseinstellung wohl kaum so gern den Abend verbringen?

Ein Foto mit ihr und ihrem sahnehäuptigen Ehemann wurde eingeblendet. Aufgenommen auf einer der zahlreichen Reisen, und doch denkt der Harmerkundige über das Prostatakarzinom: Es steckt eine andere Frau dahinter, die die Gedanken dieses Menschen usurpiert hält!

Die Kamera schwenkte weiter, und man sah den weißhäuptigen Herrn nun neben seiner Frau sitzen. Wieder drängte es mich, Worte nach Art von Ippolit Ippolititsch* anzubringen:
„Ein jeder trägt ein anderes Schicksal."

*Einem Herrn aus einer Geschichte von Anton Tschechow. Es handelte sich dabei um einen Herrn, der immer nur Dinge sagte, die jeder weiß. Als sein Flurnachbar, der Literaturlehrer heiratete, da sagte Ippolit Ippolititsch: „Früher warst Du allein. Nun bist du zu zweit!"
Doch nach einer Weile liest der gebannte Leser erschüttert und völlig unvermittelt: „Im November erkrankte Ippolit Ippolititsch an Scharlach und starb!"
Und auch wenn Ippolit Ippolititsch nur eine Randfigur in dieser Erzählung sein sollte, fühlt sich der Leser derart vor den Kopf gestoßen, daß er nach diesem jähen, und wie man finden möchte, *unnötigen* Exitus gar nicht mehr weiterlesen möchte.

Personenverzeichnis:

Agnes, Chorsängerin aus Lauterbach/Schwarzwald (*1966)
Alexander, Heiratskandidat aus dem Schwarzwälder Boten (*1964)
Alya, (*2003) Tochter von Buzens Exe Hilde
Andi, Onkel mütterlicherseits in Blankenfelde/Brandenburg (*1949)
Andreesen, Herr, Jugendpsychiater im Schwarzwald. Geburtsjahr unbekannt.
Annemarie, Omi, Mings Schwiegeromi (*1928)
Antje, (*1939) meine Lieblingstante in Bonn. Exe vom Onkel Rainer
Antonio, (*um 1960) Freund von meiner Freundin Katharina im Schwabenland
Barbara, älteste Tochter der Familie Rose in Grebenstein (*1966)
Bea, Tante mütterlicherseits in Kalifornien (*1943)
Becker, Christian und Gabriele, symphatisches älteres Ehepaar in Melsungen (Geburtsjahre unbekannt)
Bert, Witwer und Chorsänger im Schwabenland (Geburtsjahr unbekannt)
Binta, (*1998) Nichte von Buzens Exe Hilde
Bit-Bit, (* 1939) ganz liebe Tante von Mings Exe

Bloser, Herr, mein Klavierlehrer aus Trossinger Zeiten (*1947)
Böhme, Birgit, Cellistin aus dem „Faust-Quartett" (*um 1970)
Brünnerts, Klassenkameraden von Onkel Dölein in Reutlingen (Er *1936, Sie *1935)
Camillo, (*2002) Söhnchen von Mings Exe Gerswind
Chan, Evelyn, Sängerin aus Taiwan (*um 1952)
Creitz, James, Bratschenprofessor in Trossingen. (*Um 1954)
Daaje, (*1994) älteste Tochter von Mings Exe Gerswind
Degerlocher Oma, (1885 – 1968) Mutter von Omi Mobbl
Dietrich, Familienoberhaupt der Familie Rose in Grebenstein (*1932)
Doris, schwäbische Schülerin Buzens (*um 1980)
Doro, (*1967) zweite Tochter der der Familie Rose in Grebenstein
Edith, die Dame im Hause gegenüber in Grebenstein (*1942)
Esslinger Oma, Opas Mutti (1882 – 1960)
Feli, (*1996) älteste Tochter meiner Freundin Ute in Rottweil
Florian, (*1986) ältester, unehelicher Sohn von meinem Vetter Heiner in Bonn
Friedel, (*1962) mein Lieblingsvetter in Königswinter bei Bonn

Friese, Herr, Hausherr in einer Kfz-Werkstätte in Aurich (*um 1950)
Gerhard, (*1948) befreundeter Geistlicher im Schwarzwald
Gerswind, Bratscherin im Haydn-Quartett in Eisenstadt (Exe Mings)
Gretel, unsere Nachbarin in Aurich (*1938)
Gutjahr, Frau, (*1961) Rektorin der Musikhochschule Trossingen
Hans-Herbert, (*1949) lieber Freund der Familie aus Leer/ Ostfriesland
Hartmut (Hambum), (*1945) Onkel väterlicherseits in Münster/Westfalen
Hedi, (*1966) Schwester von Buzens Exe Hilde
Heike, Herr, (*1933) vielseitiger Mensch und Komponist
Heiner, Vetter in Bonn (*1962)
Herwig, (*1963) Meistercellist aus Wien
Hilde, Klavierlehrerin in Stuttgart, die viele Jahre lang mit Buzen verbandelt war (*1964)
Hubert, (*1961) Ehemann von meiner Freundin Ute in Rottweil. Zimmereimeister und Grünen Politiker
Ippolit Ippolititsch, Flurnachbar des „Literaturlehrers" in einer Erzählung von Anton Tschechow
Janosch, der junge Herr, der in Grebenstein über mir lebt (*1990)

Jeannette, Pfarrhaushälterin in Hausach/Schwarzwald

Jessica, (*um 2000) Geigenschülerin von meiner Freundin Katharina im Schwabenland

Johannes, (Geburtsjahr unbekannt) Sohn von Herrn Jorberg, dem Lebensgefährte unserer besten Freundin Veronika

Jorberg, (*1928) Lebensgefährte von der Veronika

Josephine, (*2012) Enkelin von meiner Freundin Ulla

Julchen, meine Schwägerin (*1983)

Julian, (*2001) Erstling von meiner Freundin Ute M. in Herrenberg

Karschdn, (Karsten), (*1964) Exfreund von meiner Freundin Katharina

Katharina, liebe Freundin und Geigenlehrerin im Schwabenland (*1959)

Kebap, Prof. (Spitzname) Musikwissenschaftsprofessor in Trossingen (*um 1952)

Kionczyk, (1919 – 2006) Omi, Mutter von meiner Freundin Edith in Grebenstein

Krampe, Klaus und Evelyn, reifes Ehepaar in Celle. (Geburtsjahre unbekannt.)

Kremer, Gidon, weltberühmter Geiger (*1947)

Liebich, Herr, Geigenbauer (*um 1955)

Lion, (2007) Söhnchen von meinem Freund Christian in Hamburg

Lisa, Freundin dem jungen Herrn der über mir wohnt (*1989)

Lisel, (*1932) Ehefrau von meinem Onkel Andi in Blankenfelde

Ludolph, Frau, Bedienstete im Rewe-Grebenstein (* um 1960?)

Lohse, Herr und Frau(†) Mieter in der Doppelhaushälfte von Andi und Liesel

Maika, (*1995) Tochter von meinem Lieblingsvetter Friedel

Marco, (*1997) Sohn von meiner Freundin Sabine in Schramberg

Margarethe, Kantorengattin in der Oberlausitz (*1972)

Marius, (*1998) zweiter, so jedoch erster eheliche Sohn von meinem Vetter Heiner in Bonn

Marius, (*2000) Sohn von meiner Freundin Katharina

Mars, (*1968) Exmann von unserer Freundin Hedi

Martha, (*2008) Töchterlein von Friedels Exe Doro

Mathias, (*1971) Erstling von meiner Freundin Ulla in Grebenstein s. auch

http://www.mathias-tauche.de

Matthias, der kleine, (*1980) einer der verschwindend wenigen Schüler, die ich in meinem langen Leben unterrichtet habe. Ein ehem. Kompositionswunderkind

Meiers, sympathische Familie im Schwäbischen

Mireille, alte Freundin in Frankfurt (*1966)

Mobbl, Omi, Omi mütterlicherweits (1910-1999)

Müller-Gärtner, Frau, Pfarrerin in Elzach (Geburtsjahr unbekannt)
Nathan, (*2004) Sohn von meiner lieben Freundin Ute M.
Nelli, Freundin in Bayern (*1958)
Nicole, Kommilitonin aus Trossingen (*1971)
Nils, (*1973) zweiter Sohn von meiner Freundin Ulla in Grebenstein
Noah, (*1977) dritter Sohn von meiner Freundin Ulla in Grebenstein
Nüfti, (*1938) alte Bekannte von Buz und Rehlein
Omar, (*1972) Hildes Exmann aus dem Senegal
Pedro, (*um 1994) Austauschschüler aus Ecuador
Rainer, Onkel mütterlicherseits in Toronto (*1934)
Reimer, Ehepaar in Schluchsee (Er (1941 – 2014, Sie *1942)
Reimich, Frau, kasachische Reinmachefee aus Hofgeismar (*1958)
Rosalie, (*1999) zweite Tochter von meiner Freundin Ute in Rottweil
Rose, Familie in Grebenstein
Sabine, Pianistin aus Schramberg (*1962)
Schröder, Flurnachbar und Vermieter in Grebenstein (*1952)
Sharyn, (*1945) Frau von meinem Onkel Rainer in Toronto
Spams, Mareike, renommierte Cembalistin (*um 1970)

Susanne, Violinlehrerin aus Nürtingen (*1964)

Thomas, (*1972) Sohn von meiner Freundin Edith in Grebenstein

Till, vielseitiger und interessanter Herr aus Hofgeismar (*1961)

Uhde, Prof., Klavierprofessor (Geburtsjahr unbekannt)

Ulla, liebe mütterliche Freundin in Grebenstein (* 1947)

Ute, liebe Freundin in Rottweil (*1966)

Ute M., liebe Freundin in Herrenberg (*1963)

Veronika, liebe und langjährige Freundin des Hauses (*1945)

Vollbeck, Gretchen, braves und musterhaftes Fräulein aus den Lausbubengeschichten von Ludwig Thoma

Wyss, Familie in Grebenstein

Yüsslein, (*1999) Sohn von Buzens Exe Hilde

-Eine Auswahl -

Und weiter geht´s im nächsten Band…

Erscheint am 10. Mai 2020

Besuch uns doch mal hier! ☺

http://www.franziska-koenig.de

www.erikoenig.de

www.musikalischersommer.com

Danke!